삶의 어느 순간, 걷기로 결심했다

PCT 4300킬로미터에 도전한 사람들

초판 1쇄 발행   2020년 12월 10일

엮은이   황상호
기획   정 인걸 줄리엔 · 김희남
편집   김영미
표지디자인   스튜디오 진진

펴낸곳   이상북스
펴낸이   송성호
출판등록   제313-2009-7호(2009년 1월 13일)
주소   10546 경기도 고양시 덕양구 향기로 30, 106-1004
전화번호   02-6082-2562
팩스   02-3144-2562
이메일   beditor@hanmail.net

ISBN 978-89-93690-77-4   (03810)

이 도서의 국립중앙도서관 출판예정도서목록(CIP)은 서지정보유통지원시스템 홈페이지
(http://seoji.nl.go.kr)와 국가자료공동목록시스템(http://www.nl.go.kr/kolisnet)에서
이용하실 수 있습니다. (CIP제어번호: CIP2020047290)

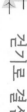

삶의 어느 순간, 걷기로 결심했다

PCT 4300킬로미터에 도전한 사람들

황상훈 엮음
정인경 줄리엣 · 김희남 기획

상상북스

2018년 하이커, 고故 해피데이 선생님께
이 책을 바칩니다.
당신은 영원한 피시티 엔젤입니다.

피시티 하이커 일동

퍼시픽 크레스트 트레일
Pacific Crest Trail

모뉴먼트78

시애틀

신들의 다리

포클랜드

크레이터 레이크

샤스타산

요세미티 국립공원

킹스캐년

휘트니산

라스 베이거스

케네디 메도우즈

모하비

로스엔젤레스

샌디에이고

캠포

태평양

멕시코

워싱턴

몬테나

오리건

아이다호

네바다

유타

캘리포니아

샌프란시스코

산호세

애리조나

피닉스

길을 걷고자 하는 이들에게

●

퍼시픽 크레스트 트레일Pacific Crest Trail(이후 피시티로 표기함)은 만만한 길이 아니다. 미국 서부 4300킬로미터를 두 발로 5-6개월 걸어야 한다. 캘리포니아 남부 멕시코 국경지대인 캠포에서 출발해 오리건주를 지나 워싱턴주 끝 캐나다 국경지대 매닝파크까지 가야 하는 대장정이다.

사막에서 마른 목에 침을 삼키며 시인 찰스 부코스키가 말한 캘리포니아의 '찬란한 태양'bright machinegun sun을 견뎌야 하고 어느 선각자처럼 썩은 물을 마시며 하루 수십 킬로미터를 걸어야 한다. 또 먹을거리가 떨어지면 다른 하이커에게 구걸해야 하고 설산 고봉에서는 방향타를 잃어버린 내비게이션에 절망을 느껴야 한다. 얼음장 계곡에서는 물에 빠져 죽음을 느낀다. 거대한 곰과 마운틴라이언, 방울뱀은 호시탐탐 당신을 노린다.

피시티는 도시 허물을 완전히 벗어버리는 길이다. 수일 동안 씻지 않고 걸어야 한다. 온몸이 땀에 절고 그 위에 비마저 내린다. 갈아입을 속옷도 없어 쩍쩍 달라붙는 옷을 입고 걷는다. 스페인 산티아고 순례길처럼 하루 걷고 숙소에서 쉬는 안락함은 없다. 몸 누일 곳이 있다면 화장실이나 목장 똥밭이라도 오케이다.

완전한 미니멀리즘의 삶이다. 짐 무게 1그램이라도 줄여야 한 걸음이라도 더 걷는다. 휴식 날 입기 위해 준비했던 옷을 버리고, 한가로이 나무 그늘에서 읽으려 했던 책도 포기한다. 칫솔대도 잘라 몽땅 솔만 가지고 다닌다. 팬티도 입지 않는다. 버릴 수 있는 것은 죄다 버려야 생존한다. 길 위 로맨스를 꿈꾸며 준비해둔 콘돔도 쓰레기통에 버리고야 정신 차린다. 내가 어디에 서 있구나. 그제야 자신이 보인다.

공부하는 삶이다. 모든 유혹과 차단된 채 오로지 걷는 것에만 집중한다. 외부와 통신도 차단된다. 죽도록 걷는다. 처음 한 달 동안 물집이 잡히고 고관절이 덜그럭거리는 육체적 고통을 감내해야 한다. 언제 이 길 끝에 다다를 수 있을까 하는 조급함도 다스려야 한다. 시계를 보지 말라고 했던 발명가 에디슨의 말처럼 시간은 잊고 묵상하듯 걸어야 한다.

한 달쯤 걷다보면 몸이 만들어진다. 하루 30-40킬로미터쯤 거뜬히 걷는다. 그 때 세계가 열린다. 나무와 새가 보이고 호수의 잔물결에 감동한다. 밤하늘 별 운행에 전율한다.

천혜 자연과의 만남이다. 시뻘건 사막을 통과해 향긋한 허브향 풍기는 덤불숲을 지나고 깊고 깊은 설산을 오른다. 사막에서 피토하듯 색을 뿜어내는 야생화와 한 방울 수분을 붙잡으려 가시를 만들어낸 선인장을 만난다. 그것도 꽃을 피운다. 엄지손가락만 한 새가 당신의 배낭에 앉아 노래를 부를 수도 있다. 마크 트웨인이 "지구에서 가장 멋진 풍광"이라고 표현했던 산상 호수 레이크 타호도 캘리포니아 북부에서 만날 수 있다. 이때는 쉬자. 고요한 확실성 안에서 편히 쉬자.

피시티는 호혜의 루트다. 주변 도움 없이 누구도 이 길을 완주할 수 없다. 아니, 누군가에게 뻔뻔하게 신세 질 수 있는 용기를 내야 한다. 피시티에는 하이커를 돕는 트레일 엔젤이 있다. 그들은 일면식 없는 하이커에게 집과 마당을 내주고 냉장고까지 열어 먹을 것을 내준다. 인종, 성별을 가리지 않는다. 사막 한가운데서는 이들이 놓고 간 아이스박스를 만날 수 있다. 물과 콜라, 각종 음료가 가득하다. 이것을 트레일 매직이라 부른다.

끝판 대장은 허무다. 목적지에 가까워질수록 자문하는 횟수가 잦아진다. 나는 왜 이 길을 걷고 있는가. 이 길 다음에는 무엇이 있는가.

목적지에는 당신이 바라는 전리품이 없다. 4300킬로미터를 걸었다는 스펙을 쌓고 싶었던 거라면 오히려 완주 후 무기력이 후유증으로 남을 것이다. 그저 하루하루 인내하고 자연에 복종하며 뜻하지 않은 행운에 감사하며 걷는다. 짧은 기간 삶의 진리를 알뜰하게 체득해야 한다. 더 험준한 인생길이 이 길 끝에 펼쳐져 있을 테니.

열 명의 피시티 종주자와 트레일에서 남편을 하늘로 떠나 보낸 아내, 그리고 트레일 엔젤이 글을 썼다. 노량진 고시원을 탈출해 장거리 하이킹에 도전한 취업 준비생, 고급 호텔 허니문을 포기하고 거지꼴로 여행한 신혼부부, 내로라하는 대기업에 사표를 던지고 인생 2막을 선택한 청년, 자살한 삼촌의 이름을 배낭에 새기고 걷는 조카, 피시티에서 영면한 남편을 대신해 아내가 펜을 들었다.

엮은이 황상호

차례

길을 걷고자 하는 이들에게 황상호   7

퍼시픽 크레스트 트레일, 4300킬로미터를 걷다

고시원을 나와 6개월을 걸었다, 매일 그만두고 싶었다 주민수   17

날마다 이동하는 산속 한 평짜리 허니문 빌라 박준식, 손지윤   35

휘트니산 정상에서 아침을 맞다 윤상태   53

산티아고냐 피시티냐, 출발부터 꼬일 줄이야 박종훈   71

한 발자국이라도 더 나아가야 하는 운명의 사람처럼 권현준   93

바람의 신은 나를 위로하지 못했다 정힘찬   111

늘 한 길만 보던 남편, 피시티에서 잠들다 신선경   129

지독하게 힘들었던, 내 인생에서 가장 행복했던 순간 박승규   143

밤하늘 별을 안주 삼아 소주를 들이켜다 장진석   161

그래, 나는 피시티다! 정기건   177

기록으로 들어가 다시 길을 걷다 김희남   193

하이커들의 허기를 채우는 '부대찌개 끓이는 천사' 정 인걸 줄리엔   215

당신이 알고 싶은 피시티에 대한 모든 것

30문 30답   230

피시티 용어   245

피시티 지도 약어   249

필자 소개   252

퍼시픽 크레스트 트레일, 4300킬로미터를 걷다

햇빛이 나무를 뚫고 나와 길을 비추고 있다.

고시원을 나와 6개월을 걸었다, 매일 그만두고 싶었다

주민수

오전 6시, 두 평 남짓한 고시원 방에서 휴대전화 알람소리가 울린다. 눈을 뜨는 순간부터 스트레스다. 좁은 침대에서 일어나 아래층 공용 부엌으로 내려간다. 스팸을 굽고 라면을 끓여 배를 채운다. 오전 7시, 독서실 앞에서 스터디원들과 만나 인사를 하고 각자 공부하러 간다. 이른바 기상스터디다. 공부할 의지가 약하거나 아침잠이 많은 공시생(공무원 시험을 준비하는 수험생)이 주로 한다.

학원 앞이다. 강의실 문에는 벌써 공책들이 긴 줄을 서고 있다. 대형 강의실 앞자리를 차지하기 위해 학생들이 본인 대신 공책으로 줄을 세우고 공부하러 간 것이다. 점심밥이라고는 학원과 독서실 사이를 이동하며 먹는 3천 원짜리 컵밥이 전부다. 학원 강의가 끝나면 인터넷 강의를 듣는다. 공시생은 분 단위로 시간을 쪼개 산다.

꽉 막힌 생활이 답답했다. 스트레스로 여드름이 얼굴을 가득 덮었다. 마스크가 없으면 외출도 안 했다. 내가 준비하고 있던 것은 토목직 공무원. 하지만 공무원 시험을 친다는 것 자체가 꿈이 없는 청년, 낙오자 같이 느껴졌다. 2016년 10월, 나는, 서울 노량진에서 하루를 보내고 있었다.

유레카! 피시티의 꿈을 키우다

피시티를 알게 된 것은 세계여행을 하는 A씨를 통해서였다. 친구가 나와 성향이 비슷할 거라며 A씨의 인스타그램을 소개했고, 나는 지겨운 공무원 시험 공부를 하며 그의 사진을 바라보았다. 그곳에는 끝없는 사막, 드높은 푸른 하늘, 거친 야생의 눈길이 펼쳐져 있었다.

그러던 어느 날 피시티가 배경으로 나오는 영화 〈와일드〉를 봤다. 주인공은 망가지고 힘든 삶 속에서 인생의 전환점으로 피시티에 도전했다. 마음 속으로 '유레카!'가 터져나왔다. 자정이 넘은 시간 안방으로 가 엄마와 아빠를 깨웠다. 그러고는 피시티에 도전하겠다고 '선언'했다.

"엄마, 아빠! 나 미국 좀 다녀올게! 걸으면서 하는 여행인데 6개월 정도만 시간을 줘! 돈도 얼마 안 들 거야!"

아빠는 말씀하셨다.

"쓸데없는 소리 하지 말고 잠이나 자! 여행을 가고 싶은 거면 돈 보태줄 테니까 짧게 어디 갔다 와."

친구들에게도 피시티에 가겠다고 말했다. 하나같이 부정적인 말만 돌아왔다.

"4300킬로를 네가 어떻게 걸어?"

"잠은 어디서 자?"

"밥은?"

"곰 만나면 어쩌려고?"

시간은 그렇게 지났고, 사생결단의 각오가 없었던 시험은 낙방이 불 보듯 뻔 했다. 시험이 끝나자마자 미리 받아둔 캐나다 워킹홀리데이 비자를 가지고 토론토로 도피했다. 부모님에게는 시험을 괜찮게 본 것 같다며 결과가 나오면 돌아오겠다고 말했다.

캐나다 생활에 적응할 무렵 어머니에게 전화가 왔다. 아버지가 군청에 전화해서 나의 낙방 사실을 확인했다고 하셨다.

토론토에서는 옷가게에서 일했다. 오전 6시 30분에 일과를 시작해 창고로 옷 상자를 나르고 재고를 조사하는 일이었다. 종일 박스를 나르느라 허리가 늘 찌릿했다. 박스에 팔이 긁혀 상처가 아물 날이 없었다. 일과가 끝날 때면 발이 띵띵 부어 신발에 꽉

피시티에서 만난 호수를 바라보고 있다.

끼었다.

월급을 받는 족족 산악장비를 하나씩 사 모았다. 첫 달에는 등
산복 상의, 다음 달에는 배낭, 그 다음에는 바람막이를 샀다. 친구
들에게 습관적으로 피시티에 도전할 거라고 말했다. 스스로 하는
다짐이었다.

한 달 늦은 출발, 물집과의 전쟁

캘리포니아주 최남단 멕시코 국경 마을 캠포에서 워싱턴주 최
북단 캐나다 국경지대 매닝파크까지, 남쪽에서 북쪽으로 가는 루
트를 하이커들은 '피시티 노보'PCT North Bound라고 부른다. 이 루
트로 가려면 늦어도 4월 초에는 출발해야 눈이 오기 전 워싱턴 주
를 통과해 10월까지 목적지에 도착할 수 있다. 그런데 나는 5월이
돼서야 하이킹을 시작했다. 캐나다에서 일을 하다 일정이 늦어진
것이다.

2018년 5월 3일 캠포에서 첫 발을 내디뎠다. 시작점에서 32킬
로미터 구간까지 물이 없다는 정보를 듣고 6리터의 물을 배낭에
넣고 걸었다. 배낭 무게는 옷과 기타 장비 20킬로그램, 일주일 치
식량 4킬로그램과 물 6킬로그램까지 도합 30킬로그램 가까이 됐
다. 세상 모든 짐을 둘러 멘 듯 무거웠다.

한 발 한 발 내딛기가 어려웠다. 매 순간 무릎이 아파왔다. 40도에 달하는 5월의 사막 열기가 나를 짓눌렀다. 발에 물집이 잡히기 시작했다. 발볼이 넓은 나는 평소 신발보다 15밀리 더 큰 걸 신었다. 그런데도 엄지발가락과 둘째발가락 사이가 접혀 물집이 잡혔고, 500원짜리 크기 물집이 양쪽 발바닥 중앙에 생겼다. 사흘이 지나자 양쪽 새끼발가락과 양발 뒤꿈치에 100원짜리 크기 물집이 또 생겼다.

'아… 포기해야 하나.'

하이킹 일주일째 150킬로미터쯤 걷자 포기할까 하는 생각이 났다. 물집이 터진 상태에서 계속 걸어 고름도 생기고 악취도 났다. 결국 캘리포니아주 워너스프링스에서 이틀을 쉰 다음 다시 걸었다. 나무 그늘 밑에 모인 하이커들은 내 발 상태를 보고 고개를 가로저었다. 하이커 라이언은 물집이 감염돼 살이 썩고 있다며 하이킹을 그만두라고 했다. 그의 만류에도 불구하고 나는 약국에서 1리터짜리 소독용 알코올을 사서 배낭에 넣고 다시 걸었다. 쉴 때마다 알코올을 상처에 콸콸 쏟아부었다. 찌릿한 통증에 비명도 나오지 않았다. 이를 악물었다.

하이킹 15일째 캘리포니아주 빅베어시티 부근에서 나는 신발 깔창을 빼 신발 안 공간을 넓혔다. 쿠션이 없어지자 맨발로 자갈밭을 걷는 듯 했다. 양손으로 가방끈을 부여잡고 바닥만 보고 아장아장 걸었다. 발바닥이 아파 몸을 비비 꼬며 걸으니 골반과 허리에

캘리포니아 워너스프링스 인근에 있는 이글록.

도 통증이 이어졌다.

그렇게 한 달을 걸었다. 하루는 피고름에 찌든 양말을 벗고 더 이상 못 걸을 것 같아 땅바닥에 주저앉아 하늘을 바라봤다. 귀국은 둘째 치고 사막에서나마 탈출하고 싶었다. 그런데 거짓말처럼 차량 한 대가 흙먼지를 날리며 내 앞을 지나갔다. 차가 다닐 만한 곳이 아니었다. 소리를 잘 지르지 못하는 성격임에도 'CAR!'라는 소리가 저절로 나왔다. 차는 내 고함을 못 들은 척 지나가려 하다가 내가 필사적으로 소리질러 부르자 브레이크를 밟았다.

첫 히치하이크였다. 운전을 하던 백인 아저씨도 사막 한가운데서 사람이 튀어나와 엄청 놀랐다고 했다. 아저씨는 가는 길이 아닌데도 40킬로미터를 더 달려 캘리포니아주 레이크 이자벨라(운행 40일째, 운행거리 990킬로미터)까지 나를 데려다주었다. 기름값을 드리려고 했는데 극구 사양했다. 그는 오히려 치료에 힘쓰라며 나를 격려했다.

고산병과 사투, 산에서 구걸하다

사막 구간이 끝나자 몸 상태가 거짓말처럼 좋아졌다. 자신감도 생겼다. 매일 높은 산 한두 개를 넘었다. 그런데 언제부터인가 입맛도 없고 속도 안 좋았다. 머리도 아팠다. 고산병에 걸린 것이다.

시에라산맥 구간 나흘째 되던 날 미국에서 제일 높은 해발 4421미터의 휘트니산에 오르면서 병은 더 심각해졌다. 오전 1시에 출발해 오전 5시 30분쯤 겨우 휘트니산 정상(운행 52일째, 운행거리 1232킬로미터)에 도착했다. 일출을 보는 둥 마는 둥 하고 바위에 몸을 일자로 뉘었다. 세상이 빙빙 돌았다.

다음날에는 피시티 일반 구간에서 가장 높은 포레스터 패스(4009미터)를 넘었다. 아찔한 경사면이 이어졌다. 머리가 어지러워 한 발짝 걷고 쉬고를 반복했다. 나흘 동안 하루 10킬로미터도 걷지 못했다. 이어 마더 패스(3696미터)를 지나갈 때쯤 식량이 바닥나기 시작했다. 계속 아프다보니 일정이 늦어졌고 식량도 계획보다 많이 소비한 것이다.

환경운동가 존 뮤어의 이름을 딴 뮤어 패스(운행 60일째, 운행거리 1400킬로미터)에 다다랐을 때쯤 하늘이 노랗게 보였다. 고산병 때문인지 배고픔 때문인지 분간이 가지 않았다. 염치 불문하고 보이는 하이커들을 붙잡고 스낵이 있냐, 빵이 있냐, 음식을 구걸했다.

노란색 긴 머리에 거친 영어 악센트를 쓰는 하이커는 자신은 채식주의자라 줄 게 이것밖에 없다며 생마늘 한 움큼을 줬다. 고마워 덜컥 받았지만 이걸 어떻게 먹나 싶었다. 그런데 너무 배가 고픈 나머지 마늘을 까서 한국에서 챙겨온 튜브 고추장을 발라 먹었다. 이게 무슨 일인가. 알싸한 게 너무 맛있었다. 삼겹살 향마저

워너스프링스 커뮤니티센터. 큰 나무 아래 하이커들이 자리를 잡았다.

느껴지는 듯했다. 한 자리에서 마늘 일곱 알을 해치웠다. 이 정도 풍미라면 100일 동안 마늘만 먹고 사람이 된 곰 이야기가 결코 신화만은 아니겠다는 생각이 들었다.

꾸르륵 꾸르륵, 설사병이 나다

피시티에서는 때로 인상이 구겨지는 물을 마셔야 할 때가 있다. 이런 상황을 대비해 하이커는 휴대용 정수기를 가지고 다닌다. 그러나 캘리포니아 중부 구간에서는 지천이 눈이고 계곡이라 정수기가 크게 필요 없었다. 눈 녹은 물이나 계곡물을 그대로 마셨다. 그렇게 한 달째 마운틴 샤스타(운행 90일째, 운행거리 2401킬로미터) 인근에서 탈이 나기 시작했다. 종일 아랫배가 꾸르륵거리더니 새벽부터 설사가 시작된 것이다. 잠은 고사하고 한 시간 간격으로 휴지를 챙겨 텐트 밖을 나와 큰 일을 해결했다.

하루는 같이 걷던 친구들을 먼저 보내고 오후 3시까지 텐트에 누워 천장만 바라보았다. 세상이 노랬다. 계속 쉴 수만은 없어 뒤늦게 배낭을 메고 길을 나섰다. 하지만 다시 장에서 신호가 왔다. 가방을 내려놓고 바지를 내렸다. 평소 시간당 5킬로미터를 걸었지만 1킬로미터를 걷기 힘들었다. 피시티 출발 이래 가장 힘든 순간이었다.

야생동물이나 걸린다는 병, 지아르디아

캘리포니아 북쪽 마지막 마을인 에트나(운행 95일째, 운행거리 2575킬로미터)에 도착했다. 하이킹을 시작한 지 100일이 다 되어가던 날이었다. 하지만 설사가 너무 심해 피시티 마지막 마을이 되지 않을까 생각했다.

오후 9시. 트레일 엔젤 케이트에게 문자를 했다. 피시티에서는 하이커를 돕는 자원봉사자를 '트레일 엔젤'이라고 부른다. 케이트는 자신의 집에 이미 수용 인원이 다 찼다고 답해왔다. 하지만 나는 무작정 엔젤하우스로 찾아가 내 상태를 설명했다. 그제서야 그는 아픈 줄 몰랐다며 집으로 들어오라고 말했다.

다른 하이커가 집 차고에서 텐트를 치고 자고 있는 사이, 나는 특별한 환대를 받으며 집 안 게스트룸으로 들어갔다. 푹신하고 넓은 침대도 좋았지만 무엇보다 양변기가 있는 화장실이 있어 행복했다.

날이 밝자마자 케이트와 병원에 갔다. 검사 결과 병명은 지아르디아. 야외 오염된 물을 마시면 걸리는 병으로 세균이 창자 벽에 붙어 장내 통증과 구토, 체중 감소, 변에 심한 악취를 유발하는 병이었다. "설사에서의 지독한 냄새…"라는 의사의 진단이 사실임을 확신할 수 있었다.

지아르디아는 사람보다는 짐승이 많이 걸리는 병이고, 사람의

동고동락했던 트레일 패밀리. 오른쪽에서 두번째가 나다.

경우 사냥꾼이나 낚시꾼이 감염된다고 한다. 하지만 위생을 따질 형편이 아닌 피시티 하이커가 이 병에 걸린 것이 이상한 일은 아니었다. 나는 케이트의 배려로 일주일 동안 그의 집에 머물렀다. 물 대신 스포츠 음료를 하루 5리터씩 마셨다.

미국에서 만난 '한국의 정'

언어 장벽으로 곤혹스러운 상황에 처했을 때 외국인 하이커들이 많이 도와주었다. 수염이 덥수룩했던 하이커 스노우 화이트는 내 등산화에 문제가 생기자 신발업체 고객센터에 전화해 등산화를 바꿀 수 있도록 도와주었다. 신용카드에 문제가 생겨 택배비를 계산하지 못했을 때에는 본인 카드로 돈을 내주기도 했다. 화이트의 피시티 별명은 '피시티 캣'. 집 잃은 새끼 고양이를 안고 걷던 마음 따뜻한 하이커였다.

워싱턴주 구간을 지날 때였다. 산불로 인해 정상 루트가 막혀 길을 돌아가야 했다. 대체 루트에는 골드미어 핫스프링스(운행 139일째, 운행거리 3856킬로미터)라는 자연온천이 있었다. 온천에 다다랐을 때쯤 희미하게 한국말이 들렸다. 오래전 미국으로 이민을 한 한인 아주머니들이었다. '안녕하세요'라는 말이 저절로 튀어나왔다. 아주머니들은 어떻게 그 긴 길을 걸을 수 있냐며 김밥과 겉절

버려진 고양이와 걷던 하이커 스노우 화이트. ⓒ인스타그램
@pctcat18

이 김치를 내주셨다. 잊고 있던 한국 음식을 먹으니 꿀같이 달콤했다. 마법과도 같은 맛이었다.

끝이 보이니 멈추고 싶었다

캐나다 국경 피시티 목적지인 '모뉴먼트78' 도착까지 1.6킬로미터 남았을 때였다. 비가 마구 쏟아졌다. 눈에서 무언가 뜨거운 것이 흘렀다. 비에 눈물을 감추며 걸었다. 온 길이 아쉬워 일부러 천천히 걸었다. 식수를 수급하는 마지막 워터포인트에 멈춰 서서 갖고 있던 물을 버리고 새로운 물을 받았다. 피시티에서의 마지막 물이구나 생각하며 시원하게 들이켰다. 평소에는 잘 하지도 않던 양치질도 했다. 힘들 때마다 듣는 노래, 신해철의 "민물장어의 꿈"을 틀었다. 멈췄던 눈물이 다시 흘렀다.

2018년 10월 1일. 출발한 지 152일만에 피시티를 완주했다. 도착 지점에서는 눈물이 나지 않았다. 담담했다. 맥주 한 캔을 따서 하이커들과 자축했다. 지나온 시간이 주마등처럼 스쳤다. 일상에서는 있을 수 없는, 말도 안 되게 짜증 나는 상황이 허다했다. 하지만 결승선이 가까워올수록 힘들었던 기억은 사라졌다. 민물장어의 꿈처럼, 나는 내가 누군지 알기 위해 긴 여행을 하고 있을 뿐이었다.

캘리포니아주 하이시에라 인근 호수에서 웨딩드레스를 입고 사진을 찍었다.

날마다 이동하는 산속 한 평짜리
허니문 빌라

●

박준식, 손지윤

미국 서부 종단 4300킬로미터 트레일, 피시티를 걷기 시작한
지 145일째다. 캘리포니아주를 출발해 오리건주를 지나 서북부
인 워싱턴주에 들어섰다. 캘리포니아주가 사막과 강한 바람이 특
징이라면 오리건주는 크고 작은 활엽수가 펼쳐진 부드러운 여성
같은 땅이다. 그에 비해 워싱턴주는 굵고 키 큰 아름드리나무에
눈과 비가 자주 내려 영화 〈쥐라기 공원〉을 연상시킨다.

적응했을 법한데 매일 밤 다리 근육이 조여 잠을 통 못 잔다. 무
거운 몸을 일으켜 매일 걷고 걸어도 목적지는 끝이 없다. 반복되
는 지루한 풍경에다 며칠 동안은 비와 안개가 앞을 가려 한 치 앞
도 보이지 않는다. 짜증이 극에 달한다. '도대체 왜 온 거지.' 혼자

투덜거린다. 그럴 때면 산은 골탕이라도 먹으라는 듯 한층 더 심한 오르막을 선사한다. 이런 비현실적인 고난은 내 상상 안에 없었다.

"또 시작이네."

반려자 앤지가 나를 향해 푸념한다. 우리는 앞서거니 뒤서거니 하며 걸었다. 앤지를 스윙댄스 모임에서 처음 만났다. 그때 닉네임이 앤지였다. 프랑스어로 천사를 뜻하는 안젤라, 줄여서 앤지라고 불렀다. 피시티에서는 서로 트레일 네임이라는 별명을 지어 부른다. 제2의 자아다. 내 트레일 네임은 고로, 일본 드라마 〈고독한 미식가〉의 주인공 이름이다.

그녀를 혼자 둘 순 없었다

피시티를 떠나기 한 달 전인 2018년 3월 11일, 우리는 결혼했다. 아내와 5년간 연애를 했지만 나의 변변치 않은 조건 때문인지 아버님은 쉽게 결혼을 승낙하지 않으셨다. 나는 아버님이 다니시는 한 사찰에 몰래 찾아가 주지 스님에게 도움을 청하기도 하고, 스님에게 부탁해 천도재를 지내기도 했다. 노력의 결과였을까. 아버님이 나를 한번 보자고 하셨다. 서울의 한 카페에서 아버님이 처음 건넨 말이 잊히지 않는다.

"결혼하려니 참 힘들지?"

피시티 도전은 아버님의 결혼 승낙 전 아내와 약속한 일이었다. 아내는 스페인 산티아고 순례길과 홍콩 란타우 트레킹을 다녀오는 등 원래 걷기를 좋아했지만 나는 딱히 좋아하지 않았다. 하지만 관악산을 등반하고 난 뒤풀이 자리에서도, 햇볕 따스한 날 연남동 커피숍에 앉아서도 종종 피시티가 우리의 이야기 주제로 올라왔다. 그리고 피시티를 주제로 한 영화 〈와일드〉를 보고 결행을 각오했다. 영화 속 여자 주인공의 탐험정신이 놀라워서가 아니었다. 더위, 눈사태, 심지어 성희롱을 당할 수 있는 위험한 상황에 앤지를 혼자 둘 수 없었다.

한인 하이커의 돌연사, 팀 코리아 결성

2018년 4월 11일, 미국 서부 샌디에이고행 비행기에 몸을 실었다. 한국에서 피시티 관련 책과 유튜브 영상을 보며 연구했지만 완벽하게 준비를 할 수는 없었다. 게다가 필요한 용품들은 겨울 상품이라 출발 당시 한국에서는 구하기 어려운 장비가 많았다. 텐트와 침낭 정도만 챙기고 나머지는 현지에서 사기로 했다.

샌디에이고에 도착해 피시티 엔젤 '스카우트와 프로도'의 집에서 2박 3일을 묵었다. 트레일 엔젤은 피시티의 자원봉사자다.

텐트를 칠 수 있도록 집 마당을 내놓기도 하고, 가끔 밥도 해주고, 멀리 차로 배웅도 해준다. 로스앤젤레스에는 한인 피시티 엔젤이 있다.

스카우트와 프로도의 집에서는 하이커들이 집 마당에 텐트를 치고 잔다. 하지만 우리가 신혼부부라는 것을 안 주인장은 침대 방을 내주었다. 허니문 특혜였다. 변호사였던 스카우트는 피시티 협회PCT Association 임원으로 10년을 일한 뒤 은퇴하고 피시티 엔 젤로 활동하고 있었다. 스카우트와 프로도는 피시티를 출발하는 하이커에게 여행 중 주의사항과 규칙을 알려주고, 매일 아침 피 시티 출발지점인 멕시코 국경지대 캠포까지 차로 데려다주기도 한다.

두 번째 날 아침이었다. 며칠 전 출발한 한인 하이커 네 명이 트 레일 엔젤의 집으로 돌아왔다. 먼저 출발한 한인 하이커 한 명이 돌연사해 뒷수습을 위해 온 것이었다. 다들 쇼크가 와 멍한 상태 였다.

같은 날 오후 3시쯤에는 한인 여성 하이커 세 명이 트레일 엔젤 의 집으로 복귀했다. 그들은 산티아고 순례길을 다녀온 경험이 있 었지만 장비가 허술해 되돌아온 것이었다. 나는 그 친구들과 아웃 도어 가게에 가서 장비를 하나하나 골라주었다. 이 인연으로 우리 는 트레일을 함께 걸었다. 훗날 타인종 하이커들이 우리를 '팀 코 리아'라 불렀다.

피시티를 함께 걸은 팀 코리아.

초코바냐 육포냐, 그것이 문제로다

장거리 하이킹은 누구에게나 어렵다. 게다가 아내와 걷는 것은 더욱 만만치 않다. 먼저 하루에 얼마만큼 걸을 것인지 조율을 해야 한다.

한번은 사막 구간을 걷는데 발이 너무 뜨거웠다. 나는 몇 킬로만 더 걷고 텐트를 치고 쉬자고 했다. 하지만 체력 좋은 아내는 더 가자고 했다.

"왜 너만 생각해! 나는 네가 아프다면 멈췄잖아!"

감정이 격해지다 결국 짜증을 내고 말았다. 서로 삐쳐 말 한마디 안 하고 한참을 걸었다. 그러다보면 원래 목적지까지 걸어간다. 이런 아이러니한 상황이 반복됐다. 그러고는 좁은 텐트에 누워 굿 나잇 키스를 하며 화해했다.

먹는 것 때문에도 많이 싸웠다. 배가 고파 입에 들어간 음식을 서로 뺏어 먹기도 했다. 아내는 나 몰래 식수를 훔쳐 마시기도 했다. 장난이었다고 했지만 과연 장난이었을까?

'밥을 왜 안 먹냐'는 아내의 말에 다투기도 했다. 나는 술을 좋아하고 하루 한 번 폭식하는 습관이 있었다. 사람마다 다르지만 피시티에서는 세 시간 단위로 쪼개 먹어야 긴 거리를 버틸 수 있다. 피시티를 걷기 전 나는 폭식하지 않고 규칙적으로 음식을 먹겠다고 아내와 약속했다. 그러나 잘 지켜지지 않았다.

좋아하는 음식도 달랐다. 아내는 초콜릿바를 좋아했고 나는 육포를 좋아했다. 한번 마을에 나가면 5-6일 치 식량을 사서 배낭에 넣고 다녀야 했기 때문에 상품 무게와 칼로리, 유통기한을 따져 음식을 사야 한다. 무엇을 고르느냐, 늘 그것이 문제였다. 햄릿의 독백보다 더 고통스러운 결정이었다.

매일 이동하는 산속 한 평짜리 신혼 집

부부 하이커에게 좋은 점이 있다. 하이킹이 끝나고 텐트를 칠 때 역할을 나눠 일사불란하게 일을 처리할 수 있다. 내가 텐트 칠 자리를 정하고 나무와 돌을 옮겨 주변을 정리하면, 아내는 텐트 안 짐을 정리하고 음식에 쓸 물을 끓였다. 분업 덕분에 날이 갈수록 모든 일에 속도가 붙었다. 나중에는 밥 먹고 같이 누워 휴대전화에 저장해둔 영화를 볼 수 있을 정도까지 시간이 났다. 배낭 짐도 나눠질 수 있어 좋았다.

가장 큰 장점은 심리적 위안이다. 다리가 아파 잠을 못 잘 때면 아내가 말없이 다가와 진통제를 건네줬다. 그래도 아파 뒤척이면 멘소래담을 다리에 발라주었다. 잠이 스르륵 왔다. 중간에 잠이 깨도 아내 손을 잡으면 기적같이 잠이 왔다. 아내가 비닐 베개에 바람을 불어 넣어주는 것도 고마웠다. 야생 속 작은 텐트는 우리

좁지만 행복한 우리의 신혼집. 아내와 함께 있어 좋았다.

의 신혼 집이었다.

"너희들 진짜 미쳤구나!"

운행 84일째, 나는 구린내 풍기는 청록색 남방셔츠 위에 나비넥타이를 맸다. 수염이 얼굴을 덮어 설인 같았다. 아내는 얼굴이 새카맣게 타 안쓰러울 지경이었다.

아내는 목적지에 미리 소포로 보내둔 순백의 웨딩드레스를 꺼내 입었다. 캘리포니아 북부 시에라 시티의 한 우체국 앞에서 웨딩사진을 찍었다. '그지 같은 꼴'로 웨딩사진을 찍고 있으니, '난 역시 돌아이야'라는 생각과 함께 웃음이 피식 났다.

우리는 경치가 좋다는 곳에 미리 웨딩드레스와 나비넥타이를 소포로 보내두곤 사진을 찍었다. 나의 수염은 설인을 넘어 산타클로스가 돼갔다. 빨간 나비넥타이를 매도 수염에 가려 잘 보이지 않았다. 옷도 신발도 색이 바래고 너덜너덜해졌다. 아내 얼굴에는 주근깨가 늘어갔다. 등산화에 웨딩드레스. 듣도 보도 못한 언밸런스한 조합이었다.

웨딩드레스는 갈수록 지저분해졌다. 박스에 넣어 다음 목적지로 보내거나 직접 배낭에 넣고 다니다보니 얼룩이 생겼다. 한번은 라면 수프가 웨딩드레스에 범벅이 됐다. 아내가 드레스를 입고

오리건주와 워싱턴주를 잇는 '신들의다리'. 지나가는 하이커와 기념사진을 찍었다.

돌아다니면 그녀가 어디에 있는지 냄새로 알 수 있을 정도였다. 때로는 라면 수프 냄새가 내 몸 악취를 덮어줘 고맙기도 했다.

"나도 같이 찍어도 돼?"

웨딩사진을 찍고 있으면 항상 하이커들이 다가와 같이 사진을 찍자고 했다. 물론 누구든지 가능하다. 우리는 쉽게 친구가 되었다. 하이커들은 우리를 '크레이지 커플'이라고 불렀다.

야생에서 환락의 도시 라스베이거스까지

신혼부부라는 '특이 사항' 때문에 많은 하이커에게 사랑을 받았다. 한번은 캘리포니아 중부 시에라를 걷던 중이었다. 우리는 7월 4일 미국 독립기념일 행사를 보기 위해 마을로 나가기로 했다. 마침 우리 이야기를 들은 60대 하이커 에릭이 차를 렌트했다며 요세미티 국립공원(유네스코 세계자연유산으로 등록된 북부 캘리포니아의 숲)에 같이 가자고 했다. 톰 크루즈를 닮은 하이커였다.

에릭은 예순두 살이었다. 미국 3대 트레일이라 불리는 피시티, 애팔래치아 트레일(미국 동부), 콘티넨털 디바이드 트레일(북미 중서부 최장 트레일)을 모두 걸은 '트리플 크라운' 하이커로, 유명 등산용품 매장인 알이아이REI에서 24년간 일한 산악 전문가이자 프리랜서 사진작가였다. 그의 휴대전화에는 연도별, 장소별로 정리한 풍경사진이 가득했다.

그의 옛이야기. 에릭이 애팔래치아 트레일을 걷고 있을 때였다. 유난히 추운 날이었다고 한다. 그는 가까운 마을로 가 암투병을 하던 어머니에게 오랜만에 전화를 했다. 그런데 청천벽력 같은 소식을 들었다. 어머니가 이미 세상을 떠났다는 것이었다. 종종 트레일에서 어머니와 연락했지만 돌아가실 줄은 꿈에도 상상하지 못했다. 어머니는 아들의 기운이 빠질까봐 병이 악화하고 있는 것을 숨겼던 것이다. 에릭은 충격에 빠졌다. 하지만 고향이 아닌 트레일로 복귀했다. 그냥 그래야만 할 것 같아서였다.

에릭과 함께 요세미티 국립공원에 도착했다. 압도적인 곳이었다. 거대한 바위산이 육중한 돌덩이를 그대로 드러낸 채 우뚝 서 있었다. 수만 년 동안 화산 폭발과 지진, 빙하기를 거쳐 다듬어진 장엄한 풍경이었다. 우리는 다시 차에 올라타고 미국 서부 횡단 개척 루트였다는 데스밸리 국립공원에 갔다가 '거지꼴'로 환락의 도시 라스베이거스에 도착했다. 10달러짜리 옷을 사 입고 휘황찬란한 밤거리를 활보했다. 곱게 차려입은 관광객들 사이에 섞여 있으니 정말 신혼여행을 온 것 같았다.

지나가는 트럭을 붙잡아 타고 마을로 향하고 있다.

눈앞에 성큼성큼 다가오는 흑곰

워싱턴주 레이니 패스를 5킬로미터쯤 남겨둔 구간이었다. 아내와 나는 항상 2-3미터 거리를 두고 앞뒤로 걸었는데, 그날은 아내가 앞에서 걷고 있었다. 그런데 갑자기 아내가 목석처럼 멈춰섰다. 나는 영문도 모른 채 다가갔다. 아내의 시선이 닿은 곳에는 검은 나무토막이 놓여 있었다. 대수롭지 않은 광경이었다.

"자기야, 곰!"

아내 목소리가 다급해졌다. 나무토막인 줄 알았던 것이 키가 3미터쯤 돼 보이는 곰이었다. 바로 4-5미터 앞에 우뚝 서 있었다. 곰은 호기심 때문이었는지 우리를 향해 성큼성큼 다가왔다. 심장 박동수가 쿵쾅쿵쾅 뛰었다. 아, 여기서 끝인가.

나는 아내를 뒤로 물리고 뛰지 말라고 말했다. 뒤돌아 도망쳤다가는 끔찍한 일이 벌어질 수 있었다. 나는 제자리에 서서 등산 스틱을 머리 위로 높이 쳐들었다. 곰을 정면으로 바라보며 살금살금 뒷걸음질했다. 곰은 뭔가 고민하는 것 같더니 숲으로 슥 들어갔다. 죽을 뻔한 순간이었다.

운행 145일째. 워싱턴주 스티븐스 패스를 10킬로미터 남겨둔 지점이었다. 야생 블루베리와 허클베리가 많은 숲이었다. 그런데 2미터 앞에서 시커먼 것이 부스럭거리며 일어섰다. 키 1.5미터의 청소년쯤 되는 곰이었다. 등산 스틱을 들면 닿을 만한 거리였다.

산행 중 마주친 곰. 멀리서 보면 커다란 나무토막 같다.

우리가 천천히 물러나자 두 발로 섰던 곰은 네 발로 자세를 낮췄다. 다시 앞으로 가려니 곰은 또 일어났다. 지나가려고 할 때마다 곰은 경계태세를 취했다. 그러다 옆에 키 1미터도 안 되는 어린 새끼 곰 한 마리가 나타났다. 더 위험한 순간이었다. 주변에 어미 곰이 있다는 이야기다. 그때 어미 곰으로 추정되는 울음소리가 몇 번 울렸다. 다행히 곰들은 소리를 향해 사라졌다.

완주는 결과물이 아닌 부산물

9월 30일 밤 9시 45분. 최종 목적지인 캐나다 국경 모뉴먼트78에 다다랐다. 원래 하루 뒤 일정이었지만, 눈이 비로 바뀌어 무리해서 더 걸었다. 하루 최장 거리인 62킬로미터를 찍었다. 4월 15일 출발한 대장정은 169일 만에 막을 내렸다.

모뉴먼트78 근처에 텐트를 치고 하루를 묵었다. 다음날 아침에도 비가 내렸다. 우리는 마지막 웨딩사진을 찍기 위해 옷을 갈아입고 기념비로 다가갔다. 그런데 말의 두 배쯤 돼 보이는 덩치 큰 엘크 한 마리가 산에서 내려왔다. 그간 수고했다며 우리를 축하해주는 것 같았다.

피시티를 걸으며 만난 사람들은 우리를 보며 하나 같이 입을 모아 말했다. 피시티에서의 6개월이 부부로서 평생 추억이 될 것이라고.

　피시티 도전 과정에서 우리는 여러 마을과 축제, 사람들을 만나며 잊지 못할 영감을 받았다. 감사, 위로, 따듯함, 기적 등 짧지만 강한 언어를 배웠다. 세상을 보는 눈도 180도로 바뀌었다.

　4개월 뒤 우리는 서울 신혼집에서 첫 설날을 맞이했다. 결혼하고 처음 양가를 방문했다. 격식을 차리고 아내의 부모님께 인사를 드렸고, 뻔하고 뻔한 이야기를 주고받았다. 잔소리도 들어야 했다. 설 연휴가 통째로 증발한 것 같았다. 하지만 우리는 이야기했다.

　"그래도 지금이 피시티보다 덜 힘들지?"

　"그렇지. 피시티에 비하면 별것 아니지."

그저 바라만 본 일출. 모든 일출은 신비롭다. 내 인생에서 가장 높은 곳에서 본 일출은 더욱 그랬다.

휘트니산 정상에서
아침을 맞다

●

윤상태

담배를 태우던 과장은 애써 태연한 척한다. 비 오는 겨울 하늘, 담배 한 모금을 길게 내뱉으며 내게 묻는다.

"언제까지 할 거야?"

"한 달 반 정도 생각하고 있어요."

종종 소주 한잔 기울이며 속마음을 터놓았던 과장님. 다음날 나의 퇴사 소식은 사무실 모두에게 전해졌고, 그렇게 퇴사과정은 약속이나 한 듯 일사천리로 진행되었다. 나는 소위 대기업이라는, 남들 보기에 그럴싸한 직장에 다니고 있었다. 월급날과 휴일을 기다리며 사는 삶이었다. 심심치 않게 퇴사를 꿈꿨지만 무엇을 원하는지 몰랐고 용기도 없었다.

그러던 어느 날 공원을 산책하다가 갑자기 달리고 싶었다. 짧은 거리였지만 달리다보니 땀도 나고 심장이 뛰었다. 그것이 왠지 좋았다. 곧장 10킬로미터 마라톤대회에 참가 신청을 했다. 연이은 대회에서 풀코스를 완주하고 중국 고비사막에서 열리는 250킬로미터 사막 마라톤대회에도 참가했다. 몇 번의 크고 작은 대회에 참가하니 아웃도어 스포츠를 향한 열정이 더욱 뜨거워졌다.

폭풍 검색을 통해 퍼시픽 크레스트 트레일을 알게 되었다. 미국 서부 4300킬로미터를 종주하는 길. 그 길을 완주한 하이커의 강연도 듣고 직접 만났다. 그 이후 꼭 가야겠다는 생각이 확고해졌다. 드디어 내가 무엇을 원하는지 알게 되었다. 죽어가던 심장의 불씨가 타올랐다. 2017년 2월, 나는 7년간 다니던 회사에 사표를 던지고 피시티로 떠났다.

은박지 담요를 칭칭 싸매고 잠을 청하다

"sunday morning, rain is falling!"

록 밴드 마룬파이브의 노래 "선데이 모닝"이 적막을 깨운다. 어둡고 좁은 텐트 안. 휴대전화 알람에 깨 멍하니 허공을 바라본다. 한 줌 빛도 어떠한 색도 존재하지 않는 암흑이다. 꿈인지 현실인지 분간이 되지 않는다. 정신은 몽롱하다. 영하의 매서운 추위

7년간의 직장생활에 마침표를 찍고 피시티로 떠났다.

가 코와 광대를 찌른다.

바깥세상과 완전히 차단된 고독한 설산이다. 정신을 차리고서야 내가 하이킹을 하고 있다는 사실을 깨닫는다. 잠시나마 현실을 부정하고 침낭에 들어가 눈을 감은 채 숨을 깊게 들이마셔본다. 매번 그렇듯 주어진 현실을 인정하고 침낭 밖으로 손을 삐죽 내밀어 휴대전화로 시간을 확인한다.

2017년 6월 3일 토요일 밤 11시 30분.

미국 서부 멕시코 국경지대에서 출발해 북쪽으로 걸은 지 50일째. 1200킬로미터를 걸어 올라 드디어 휘트니산 바로 아래에 있다. 휘트니산은 피시티 루트에서 13킬로미터 남짓 벗어나 있다. 미국에서 가장 험준한 산악지대인 시에라네바다산맥에 있으며 높이 4421미터로 미국 본토에서 가장 높은 산이다. 하늘과 더 가까워지길 원하는 하이커들이 반드시 들르는 곳이다.

한 해 전 이곳에는 백 년에 한 번이라는 기록적인 폭설이 내렸다. 그 때문에 6월 한여름인데도 시에라네바다산맥에는 성인 키만큼 눈이 쌓여 있었다. 한낮 뜨거운 뙤약볕이 무색하게 해가 지면 주변은 영하로 떨어졌다.

바닥에서 올라오는 냉기를 막기 위해 매트리스를 반으로 두껍게 접어 몸통 부위에 받쳤다. 엉덩이부터 다리에는 빈 배낭을 깔았다. 체온을 보호하기 위해 우비를 포함해 가진 옷을 모두 입었다. 마지막으로 응급상황용 은박지 담요를 온몸에 칭칭 두르고

여름과 겨울의 공존. 낮에는 30도 중반까지 기온이 올라가지만 시에라네바다는 아직 하얀 겨울 세상이다.

침낭에 들어갔다. 마치 알루미늄 포일로 포장한 김밥 같다고 할까. 휘트니산 일출을 보기 위해 전날 오후 8시에 텐트에서 잠을 청했다.

침낭은 금세 차가워졌다. 바깥으로 나가지 못한 체온 때문에 은박지 담요에 이슬이 몽글몽글 맺혔다. 침낭이 축축해졌다. 추위에 자다 깨다를 반복했다. 곧 휴대전화 알람이 울렸다. 하이커 파트너인 토마스가 먼저 텐트 밖에 나와 아침인사를 건넸다.

"굿모닝!"

굿나잇, 밤 인사를 건네도 모자를 깊은 밤 12시에 우리는 등반을 시작했다.

나쁘지 않은 직장, 순탄한 인생

대한민국에서 가장 번잡한 곳, 강남에 위치한 회사. 나는 커피한 잔을 들고 휴게실의 커다란 창을 통해 강남역을 내려다보고 있다. 분주하게 움직이는 사람들과 도로를 꽉 채운 자동차. 무질서해 보이지만 뭔가 짜맞춰 있는 듯 모두 일사불란하게 움직인다.

"팀장님 오셨다. 보고서 다 썼어?"

나를 부르는 선배의 목소리에 내 자리로 돌아갔다. 오늘은 협력회사 대금 지급 보고를 하는 날이다. 보고를 위해 한 달 동안 수

많은 데이터를 가공하고 협력회사와 연락했다. 소위 다람쥐 쳇바퀴 굴러가는 것과 별반 다르지 않다. 반복 업무지만 이 일에 적응하기까지 상당히 애를 먹었다. 높은 경쟁을 뚫고 입사했다는 들뜬 마음은 낯선 업무를 배정받고 얼마 되지 않아 사라졌다. 작은 실수가 이어졌고 선배의 혹독한 질타에 자존감이 떨어졌다. 녹록하지 않은 인간관계에 치이며 사회생활의 매운맛을 톡톡히 보고 있었다.

역시나 시간이 약이던가. 한 해 두 해 지날수록 업무처리 능력은 제법 능숙해졌다. 점점 사무실의 일원이 돼가고 있었다. 매달 월급날을 기다리며 나의 하루는 그렇게 '적당히' 지나가고 있었다. 가까스로 팀장님에게 보고를 마친 뒤 사무실을 쭉 둘러봤다. 13층에 있는 사무실은 책상과 칸막이로 빼곡하게 채워져 있다. 햇볕이 가장 잘 드는 창가 쪽 팀장 자리를 기준으로 직원들의 자리는 오와 열을 맞추고 있다. 좁디좁은 개인 공간은 흡사 닭장 같다. 책상 위에는 식어버린 커피와 사무용품이 어지럽게 놓여 있다. 동료는 하릴없이 인터넷 기사를 클릭하며 무미건조한 눈빛으로 모니터를 바라보고 있다. 손이 모자랄 정도로 마우스를 바쁘게 움직이는 열정맨도 있다. 나는 사무실을 맴돌며 감정 없는 대화들을 엿듣고 있다. 왠지 다들 관객 없는 무대에 올라 연기를 하는 것 같다.

"오늘 저녁에 뭐 하나?"

나는 친구에게 카카오톡 메시지를 보냈다.

"8시 강남역에서 보자."

친구에게서 답이 왔다. 무료함을 없애기 위해 약속을 잡았다. 집에 가면 야구중계를 보거나 괜한 텔레비전 채널만 괴롭힐 것이 뻔했다. 나에겐 퇴근 후 강남역 밤거리를 배회하는 것이 유일한 탈출구이자 낙이었다.

휘트니산 달빛에 취하다

헤드 랜턴은 밤사이 얼어붙었던 어둠을 서서히 열었다. 토마스와 나는 그 빛을 따라 한 발 한 발 움직였다. 은은하게 비추고 있는 달빛이 걸음을 인도했다. 주변은 고요하다. 눈이 녹아 흐르는 계곡물 소리가 멀리서 아련히 들릴 뿐 그 어떤 미동도 없다. 눈 밟는 소리와 차갑고 거친 숨소리만이 적막을 깨고 있었다. 초대받지 않은 불청객인 우리는 이곳의 고요함을 돌려주며 정상으로 향했다.

올라가는 길은 먼저 간 이들 덕분에 수월했다. 눈 속에 깊게 팬 발자국은 또 다른 길잡이였다. 휴대전화 위치추적 기능도 필요 없었다. 멀리 헤드 랜턴을 비추자 발자국 길은 하늘에서 내려온 동아줄처럼 천상에서 지상으로 이어지고 있었다.

얼마나 올라갔을까. 드디어 본격적인 오르막이 보였다. 스위치

백(지그재그로 반복되는 길) 형태의 오르막을 수십 번 왔다 갔다 했다. 숨이 턱까지 차올랐다. 폐 속 깊숙한 곳에서 나온 숨은 뿌연 수증기를 뿌리며 휘트니산 어디론가 날아가버렸다. 정상이 가까워지자 선명했던 발자국은 어느새 사라졌다. 눈 덮인 가파른 경사만이 산 아래 길게 뻗어 있었다. 위험해서인지 다른 하이커들은 우회한 듯 보였다.

'휘트니는 결코 쉽게 우리를 허락하지 않는구나!'

한숨이 나왔다. 앞서 걷고 있던 토마스는 배낭 옆에 매달아놓은 얼음도끼를 꺼내 들었다. 그러고는 얼어붙은 가파른 눈길을 찍으며 오르기 시작했다.

토마스는 프랑스 파리 출신 컴퓨터 프로그래머로 안식년 휴가 7개월을 받아 이곳에 왔다고 했다. 살이 빠져 볼이 홀쭉해지고 눈은 깊게 패었다. 멋들어지게 기른 수염은 언뜻 예수를 닮았다. 공교롭게 생일마저 크리스마스이브였다. 그는 친형이 게이라는 사실을 거리낌 없이 말했다. 자유를 사랑하는 파리지앵이었다.

나도 토마스를 따라 얼음도끼를 꺼냈다. 난생처음 사용하는 장비였다. 얼어붙은 눈을 도끼로 부술 때마다 온몸에서 아드레날린이 솟구쳤다. 얼음과 쇠가 만나는 거친 파열음에 내가 살아 있다는 느낌이 가슴 속까지 전해졌다.

수십 번의 설투 끝에 정상이 보이기 시작했다. 숨을 고를 겸 잠시 멈춰 서서 하늘을 바라보았다. 손을 뻗으면 닿을 것 같았다.

달빛을 따라 걸었다. 모든 감각이 차단된 설산의 하이킹. 이곳에서는 이것저것 재지 않는다.
그저 보이는 것을 믿는다.

하늘이 땅이고 땅이 하늘이었다. 붓으로 흰 물감을 뿌린 것처럼 밤하늘 은하수가 은은하게 펼쳐졌다. 경쟁하듯 혼신의 힘을 다해 빛을 내뱉는 별 무더기. 밤하늘은 검정과 흰색만으로도 화려한 그림을 그리고 있었다.

도시의 네온사인, 화려함 속 가장 어두운 곳

"야, 정신 차려, 가자!"

누군가 내 몸을 흔들며 나를 부른다. 몽롱한 정신에 이곳이 어딘지 분간이 안 된다. 주변은 사람들의 소음이 뒤섞여 도떼기시장처럼 소란스럽다. 어스름한 조명과 테이블에 올려져 있는 소주병을 보고 정신이 든다.

아! 벌써 취했네. 친구들과 삼겹살에 소주를 마시고 2차로 어느 술집에 들어와 있었다. 휴대전화를 확인해보니 자정이 훌쩍 넘은 시간이었다. 멀쩡한 정신에 술을 마시고 있었는데 어느 순간 술이 나를 마셔버렸다. 매번 그랬듯 오늘도 주객이 전도됐다.

자정 무렵 강남역은 평범하지 않은 소리로 가득 차 있다. 교태섞인 웃음소리와 그에 반응하는 엉큼한 시선들. 시큼한 냄새를 풍기며 숨이 넘어갈 듯 먹은 것을 토해내는 소리. 술에 의지해 자기를 알아달라며 억눌린 감정을 표출하고 있는 악다구니. 네온사인은 이 장단에 맞춰 사람들을 더욱 유혹한다.

"형님, 잘 해드릴 테니 우리 가게로 오세요."

말끔하게 차려입은 남자가 호객을 하고 있다. 길바닥에는 음란한 광고사진과 자극적인 문구가 적힌 전단이 수북하다. 본능적이고 자극적인 감각만을 부추기는 이곳. 어느덧 시간은 새벽 2시다. 몸도 제대로 가눌 수 없다. 저 멀리 택시 불빛 하나가 다가온다. 흐리멍덩해진 눈으로 주변을 잠시 응시하다가 나는 택시에 올라탔다.

미국 최고봉에서 일출을 보다

새벽 5시. 등반한 지 다섯 시간 만에 정상에 도착했다. 육중하고 무수한 돌덩이들이 우리를 반겼다. 하늘을 찌를 듯 날카로울 것 같았던 정상은 예상과 다르게 품이 넓었다. 정상 높이 4421미터. 찬 공기가 온몸을 파고들었다. 몸에 열을 내기 위해 발을 동동 굴렀다. 콧잔등 위까지 옷깃을 끌어올렸다.

일출까지는 제법 시간이 남아 있었다. 커피를 마시기 위해 대피소로 향했다. 대피소는 눈으로 가득 차 있었다. 어쩔 수 없이 거대한 돌덩이 틈에 들어가 바람을 피했다. 뜨거운 커피 한 잔을 끓여 몸을 녹였다.

더 높이, 더 순수하게! 피시티를 끝내고 컴퓨터 엔지니어의 삶으로 돌아간 토마스.
그는 오랜 연인과 결혼식을 올리고 지금은 한 아이의 아빠가 됐다.

몸은 굳어갔지만 심장은 어느 때보다 강하게 요동쳤다.

추위에 얼마나 몸을 떨었을까. 지평선 너머 불그스름한 기운이 솟아나기 시작했다. 학수고대하던 일출이다. 붉은 점 하나가 스멀스멀 올라오자 어둠이 물러나기 시작했다. 그 자리는 태양의 붉은 기운으로 바뀌어갔다. 토라진 아이를 어르고 달래듯 서광은 천천히 봉우리를 모두 감싸안았다. 주변 만물은 헤엄치듯 그 품 안으로 들어갔다.

토마스와 나는 옷을 남김없이 몽땅 벗었다. 극한 추위가 온 신경을 따라 몸 구석구석 퍼졌다. 몸은 굳어갔지만 심장은 어느 때보다 강하게 요동쳤다. 붉은 피가 온몸 구석구석 흘렀다. 알몸으로 일출을 바라보며 휘트니산 등반은 그렇게 끝났다.

이렇게 난 7년간의 회사생활에 마침표를 찍고 탁 트인 사막을 건너 설산을 넘으며 5개월 동안 피시티를 걸었다. 이것으로 내 인생이 크게 바뀌었다고는 생각하지 않는다. 다만 화려하지만 어두운 네온사인 숲을 벗어나 생의 신비가 가득한 자연의 품을 온전히 느꼈다. 또 내가 오랜 세월 갖고 있던 벽을 깨뜨리고 조금 더 넓은 세상에 나왔다는 것, 그것이 중요했다.

나는 다시 사회로 돌아가 그곳에서 치이고 부딪히고 깨질 것이다. 하지만 조금 여유롭고 단단한 마음으로 내게 주어진 길을 걸어간다면 피시티는 딱 그 정도의 보상을 할 것이다. 나는 지금 30대 후반 나이에 미국 오리건주에서 비행훈련을 하고 있다. 직장생활에 찌들려 있다 달리기를 시작할 때 내가 피시티를 걸을 줄 몰랐

듯 앞으로 내 인생에 어떤 길이 펼쳐질지 알 수 없다. 그저 마음이 설레는 길로 한 발자국씩 내디디고 싶을 뿐이다. 그러다보면 또 다른 일출을 맞이하겠지!

앞으로 다가올 일들은 꿈에도 모른 채 피시티의 시작점에서 즐거워하는 내 모습.

산티아고냐 피시티냐,
출발부터 꼬일 줄이야

●

박종훈

낯선 병명, 눈협동기술장애eye teaming problems. 난해한 이름처럼 내 마음도 복잡해진다. 최근 2년, 롤러코스터 같은 인생을 살았다. 마치 장르별 셀프 다큐멘터리를 찍고 있는 것 같다.

호주 동부에서 소 도축장과 아보카도 농장에서 일하며 '극한직업'을 몸소 체험했고, 멜로영화를 꿈꾸며 도전한 장거리 도보여행은 '나는 자연인이다' 꼴이 됐다. 그리고 희귀병에 걸린 지금은 휴먼 다큐멘터리 '인간극장'을 찍고 있는 것 같다. 나는 피시티와 희귀병 사이 정확한 인과관계를 찾지 못했지만, 가족과 친구들은 내 병의 원인을 '피시티'로 지목했다.

"너, 피시티 때문에 눈 다친 거 아니야?"

"산속에서 그 고생을 했으니 눈이 남아나겠어?"

피시티 종주 후 캐나다에서 유유자적하며 책을 읽던 중 갑자기 눈의 초점이 풀려 글씨가 보이지 않았다. 감았다 떴다를 반복하고 눈을 비벼봐도 초점이 잡히지 않았다. 몇 분간 눈을 감았다가 뜬 뒤에야 초점이 잡혔지만, 그마저도 곧 풀렸다.

'피곤한 건가?' 증상을 가볍게 생각하고 중남미 코스타리카로 여행을 떠났다. 하지만 상태는 더 나빠졌고, 두통마저 생겼다. 남은 일정을 뒤로 한 채 귀국행 비행기에 올랐다. 병원 문을 두드렸다. 의사는 알아듣기 힘든 병명을 말했다. 희소병, 눈협동기술장애. 세무사가 되겠다는 꿈은 수포가 되었다.

로맨스를 꿈꾸며 떠난 고행길

2017년, 나는 호주에서 일하고 여행하며 행복한 나날을 보내고 있었다. 그때 다음 여행지로 스페인 산티아고 순례길을 염두에 두고 있었다. 2013년 해남 땅끝마을에서 임진각까지 600킬로미터 국토대장정을 하며 첫사랑을 만났던 터라 도보여행이야말로 사랑과 여행 두 마리 토끼를 잡을 수 있는 기회라고 생각했다.

그러던 중 산티아고 자료를 찾다가 보지 말았어야 할 영상을 보고 말았다. 미국 서부 종단 4300킬로미터를 걷는 여행, 피시티에 관한 영상이었다. 산티아고보다 긴 거리를 걷다보면 더 많은 경험을 하지 않을까 생각하며 나는 피시티를 걷기로 했다.

첫 스텝부터 꼬였다. 당시 호주 멜버른에 있는 미국대사관에서 비자 인터뷰를 했다. 비자 담당 직원은 호주에서 일한 경험이 있는지 물었다. 나는 당시 워킹홀리데이 비자를 가지고 있어 '예스'라고 답했다. 그 말 한마디에 직원은 내 서류에 '거절' 도장을 찍었다. 이유도 제대로 설명해주지 않았다. 아마도 내가 미국에 가서 일을 할 수도 있을 거라고 생각했던 것 같다. 도널드 트럼프 미국 대통령의 반이민정책도 한몫을 했던 것 같다.

일주일 뒤 다시 인터뷰 신청을 했다. 모든 미국 일정을 파일로 인쇄해 영사관 직원에게 보여주며 내가 왜 미국에 가는지를 설명했다. 다행히 이번에는 '승인' 도장을 받았다.

'슈퍼 미니멀리스트'가 되다

도전에 거창한 의미를 부여하지는 않았다. 보통의 여행, 그 일부라고 생각했다. 종주에 성공한다고 인생이 크게 변하지 않을 거란 것도 이미 알고 있었다. 마음이 편했다. 그래서였을까? 준비를 제대로 하지 않았고, 고생길이 펼쳐졌다.

2018년 3월 12일, 미국 최남단 멕시코 접경 마을 캠포에 도착했다. 다가올 고난과 역경도 모른 채 싱글벙글 웃으며 셀카도 찍었다. 역시나 첫날부터 어려움에 직면했다. 먼저 피시티는 평탄한 길을 걷는 것이 아닌 산행을 하는 것이었다. 등산 경험이 전무한 나는 체력이 받쳐주지 않았다.

두 번째는 물이었다. 첫날 물이 있다는 곳을 향해 24킬로미터를 걸었는데 물이 다 말라 있어 8킬로미터를 더 걸어야 했다. 레이크 모레나(운행 1일째, 운행거리 32.2킬로미터)에 도착해 간신히 물을 마셨다. 준비를 너무 하지 않았다. 텐트도 한번 쳐보지 않았던 터라 첫날밤에는 제대로 텐트를 못 쳐 이불처럼 덮고 잠을 잤다.

운행 3일째 라구나산(운행거리 67킬로미터)에 다다랐을 때 태풍이 불었다. 다른 하이커들은 산행을 멈추고 인근 모텔로 몸을 피했다. 하지만 나는 약해질 수 없다는 생각에 계속 산을 탔다. 그런데 웬걸, 바람이 너무 강해 서 있기조차 힘들었다. 나뭇가지가 꺾여 날아다니고 안개는 자욱해 도무지 길을 찾을 수 없었다. 추운 날씨에 휴대전화도 꺼졌다. 등골이 오싹했다. 지난해에 피시티 하이커 열한 명이 하이킹 중 사망했다는 사실이 머릿속에 떠올랐다.

운행 나흘째, 날씨는 갰지만 온몸에 낀 먹구름은 가시지 않았다. 한 발자국 디딜 때마다 무릎이 아팠다. 무거운 배낭은 어깨를 짓눌렀다. 휴식을 위해 가까운 마을 워너 스프링스(운행 6일째, 운행거리 176.3킬로미터)로 갔다. 그곳에서 나의 가장 큰 문제점을 발견했다. 무게였다.

평소보다 일찍 하이킹을 마치는 날에는 전자책을 읽었다.

피시티에서는 짐 무게가 곧 생명이다. 하이커들은 배낭 무게를 줄이기 위해 온갖 방법을 고안한다. 어떤 하이커는 바닥에 까는 매트리스를 반으로 잘라 목에서 엉덩이까지만 깔고 잤다. 어떤 친구는 칫솔 대를 잘라 대가리만 가지고 양치를 한다. 배낭 무게 1그램이라도 줄이기 위한 고육책이었다. 남자들은 속옷도 버리고 노팬티로 걷는 경우가 허다하다.

그런데 나는 80리터 가죽 배낭에 여벌 옷, 모자 세 개, 소설책 등 쓸데없는 것이 너무 많았다. 결국 입고 있던 반바지와 셔츠만 빼고 모든 것을 버렸다. 나중엔 상비약도 3일 치만 가지고 다녔다. '슈퍼 미니멀리스트'가 됐다.

하지만 이미 상해버린 무릎은 쉽게 회복되지 않았다. 나아지겠지 생각하며 계속 절뚝거리며 걸었다. 내리막길은 한 걸음 한 걸음이 지옥이었다. 몸이 너무 아파 주변 경관은 눈에 들어오지도 않았다. 여행도 재미가 없어졌다. 진통제를 입에 달고 살았다.

결국 캘리포니아 남부 아구아 듈세(운행 29일째, 운행거리 731.4킬로미터)에서 로스앤젤레스로 들어가 한국 한의원에서 재활치료를 받았다. 그곳에서 쉬다보니 피시티를 그만둘까 하는 마음도 들었다.

백패킹 1인용 텐트. 너무 작아 허리도 펴기 힘들 정도였다.

여행 스승 삼촌의 죽음

카톡.

그때 어머니가 카카오톡 메시지를 보내왔다.

"종훈아…"

"무슨 일이에요?"

"삼촌이 돌아가셨다."

"네? 무슨 소리 하시는 거예요? 왜요! 교통사고 나셨어요? 지금 당장 한국으로 갈게요."

고민할 여유가 없었다. 연락을 받은 시각은 오전 8시 30분. 가장 빠른 한국행 비행기는 오전 11시였다. 택시를 타고 공항으로 가면서 항공권을 예약했다. 공항에 도착하자마자 바로 비행기에 몸을 실었다.

막둥이 삼촌은 마흔한 살로 나와 열세 살밖에 차이가 나지 않았다. 장남인 내게 삼촌은 형 같은 존재였다. 나에게 여행을 처음 가르쳐준 스승이기도 했다. 삼촌은 초등학생이던 나를 데리고 인천 무의도와 경기도 화성 등을 다녔다. 지금도 홈페이지 회원가입을 할 때 패스워드를 찾기 위한 질문 '가장 기억에 남는 여행지'에 나는 '무의도'로 답한다. 그런 삼촌이 죽다니, 믿기지 않았다. 버팀목이 무너진 것 같았다.

장례식장 흑백 영정사진 앞에 섰다. 아무 말도 할 수 없었다.

사진을 똑바로 볼 수 없었다. 얼마나 힘들었기에, 얼마나 답답했으면 그런 선택을 했을까. 왜 나는 삼촌의 이야기를 한 번 들어주지 않았던가. 왜 소주 한잔 같이 기울이지 못했나. 내 자신이 원망스러웠다. 장례식장에서 술만 마셨다. 맨정신으로는 버틸 수 없었다.

삼촌을 납골당에 모시고도 이런 생각을 떨쳐버릴 수 없었다. '아, 정말 이렇게 한국에 있다가는 미쳐버릴 수도 있겠구나.' 마지막 이별 이틀 뒤, 나는 다시 로스앤젤레스행 비행기에 올랐다.

세상 떠난 삼촌과 4300킬로미터를 걷다

미국으로 돌아오기 전 군용품 판매점에 들러 삼촌 이름을 배낭 덮개에 새겨넣었다. 삼촌과 함께 걷고 싶었다.

'삼촌, 미국 여행은 안 해봤지? 내가 미국 서부 곳곳에 데려다줄게, 잘 지켜봐줘.'

트레일 복귀 후 첫날밤 캘리포니아 남부의 카사 데 루나(운행 38일, 운행거리 769킬로미터)에 도착했다. 그날 또 다른 사망 소식을 들었다. 한국인 피시티 하이커 한 명이 하이킹 중 돌아가셨다는 이야기였다. 그분의 트레일 네임은 '해피데이'였다. 한인 피시티 단체 카카오톡방에서 늘 밝게 말씀하시던 분이었다. 겁이 났다.

산은 나의 모든 투정과 슬픔을 따듯하게 끌어안아주었다.

나도 죽으면 어떡하지….

다음날 걷지 않고 텐트에서 골몰히 생각했다. 그리고 배낭에 새긴 삼촌 이름 옆에 해피데이 선생님 이름도 함께 새겨넣었다. 그리고 기도했다.

"선생님 이름을 제 가방에 자수하겠습니다. 대신 부탁 한 가지만 들어주세요. 하늘나라에 가서 우리 삼촌에게 선생님의 해피바이러스를 전달해주세요."

각오를 다졌다. 이제 포기는 없다.

'스피디 곤잘레스'로 탄생하다

피시티에서 하이커들은 서로 특징을 관찰하고 별명을 지어준다. 그것을 트레일 네임이라고 한다. 내 트레일 네임은 '스피디 곤잘레스'. 하이커들은 곤잘레스가 남미판 〈톰과 제리〉의 제리라고 했다. 크지 않은 체구로 빨리 걷는 내가 생쥐 같았나보다.

사실 빨리 걸은 이유는 따로 있었다. 트레일에서 아무 생각도 하고 싶지 않았다. 천천히 걸으면 잡생각이 떠오르고 덩달아 삼촌 생각이 났기 때문이다. 숨이 차도록 걸었다. 그래도 삼촌이 생각나면 소리 내 울며 걸었다. 산은 내 투정을 군말 없이 받아주었다.

"굿모닝."

매일 아침 하이킹 출발 전, 등산 스틱으로 삼촌과 해피데이 선생님 이름이 적힌 배낭을 톡톡 쳐 문안인사를 했다. 혼잣말도 한다. "오늘도 가보시죠! 배낭 잘 붙들고 계세요!"

풍광이 좋은 곳이면 배낭을 내려놓고 함께 사진을 찍었다. 삼촌과 해피데이 선생님이 함께한 '단체사진'이었다. 매번 마음을 다잡았다. 나는 혼자가 아니다. 할 수 있다. 아니, 해낸다!

미국 최고봉에서 누드 사진을

5월 2일에 출발해 52일째, 드디어 캘리포니아 남부 구간을 마치고 중부인 하이 시에라 구간 출발점 케네디 메도우즈에 도착했다. 하이 시에라는 '피시티의 꽃'이라 불린다. 전체 구간 중 가장 아름다우면서도 험난하기 때문이다. 내가 도착했을 때는 태풍예보와 지난겨울 내린 눈 때문에 하이커들이 운행을 멈추고 인근 마을에서 쉬고 있었다.

나도 마을에서 쉬고 5월 16일 케네디 메도우즈로 돌아왔다. 하지만 눈은 여전히 많았다. 폭설이 온다는 소식도 있었다. 내 비자 기간 6개월, 더 지체할 수 없었다. 입산했다.

영화 〈반지의 제왕〉에 나오는 마법사 간달프를 닮아 트레일 네임이 간달프인 친구와 미국 최고봉인 휘트니산(해발 4421미터)

배낭에 삼촌과 해피데이 선생님 이름을 새겨넣고 함께 걸었다.

에 올랐다. 정상에서 일출을 보기 위해 자정에 일어나 걷기 시작했다. 전날 내린 눈 때문에 길은 보이지 않았다. 고도가 급격히 올라가니 고산증으로 숨쉬기가 힘들었다. 암흑 속에서 들리는 거라곤 발소리와 내 거친 숨소리뿐이었다. "할 수 있다!" "우리가 이긴다!" 소리치며 걸었다.

새벽 5시쯤 정상에 도착했다. 5분 뒤 해가 지평선 너머로 모습을 드러냈다. 떠오르는 해를 바라보며 감상에 빠졌다. 산악인들이 왜 히말라야 같은 높은 산을 동경하는지 얼핏 알 것 같았다.

피시티에서 재미있는 문화 중 하나가 랜드마크에서 누드사진 찍기다. 나는 휘트니산으로 정했다. 옷을 하나둘 빠르게 벗어던지고 두 손을 번쩍 들고 사진을 찍었다. 10초 동안 거대한 미국을 맨몸으로 맞이한 느낌이었다.

도전인가 객기인가

겨울 산행의 또 다른 어려움은 야영이다. 얼음장 같은 추위에 선잠을 자야 한다. 피시티에서 가장 높은 구간인 포레스터 패스(해발 4009미터)를 가기 전이었다. 우리는 패스 직전에 있는 캠프사이트에 도착했다. 바닥이 온통 눈으로 덮혀 있어 텐트 칠 자리가 없었다. 눈 치울 장비가 없어 손과 발, 가방으로 눈을 파냈다.

눈을 파고 얼음 위에서 자던 날. 아직 해맑은 나.

눈 밑은 또 얼음이었다. 결국 얼음 위에 텐트를 쳤다. 가지고 있는 모든 옷을 입고 뜨거운 물이 든 물통을 끌어안고 잠을 잤다. 하지만 얼음바닥에서 올라오는 한기에 무용지물이었다.

"모두 살아 있니?"Are you guys still alive?

다음날 하이커들의 아침인사였다. 굿모닝이 아닌 서로의 생존을 묻다니, 피식 웃음이 났다.

또 다른 문제도 있었다. 대소변을 위한 공간이 없었다. 은폐된 공간이 없어 한 명씩 순서대로 텐트에서 나와 눈을 파고 볼일을 봤다. 출발 전 텐트 주변을 둘러보니 하얀종이에 노란색으로 그림을 그려놓은 듯 우리의 소변자국이 널려 있었다. 우리는 '옐로우링'이 생겼다며 깔깔 웃었다. 눈 속엔 분명 똥지뢰도 숨어 있을 테니 조심히 걸어야 했다.

캘리포니아 중부의 비숍(운행 72일째, 운행거리 1269킬로미터)을 지나고 해발 3690미터 핀촛 패스(운행 77일째, 운행거리 1299킬로미터)를 넘고 있을 때였다. 그날은 해발 3696미터 마더 패스 앞에서 캠핑하기로 했다.

눈이 녹아 발이 빠지는 '포스털링' 현상을 피하기 위해 새벽 6시부터 걸었다. 오전 10시쯤 목적지 캠프사이트에 예상보다 일찍 도착했다. 시간이 남아 더 걸었다. 2017년 여성 하이커 두 명이 물에 휩쓸려 죽은 킹스강을 건넜다. 강은 무사히 건넜지만 등산화를 벗지 않아 신발과 양말이 다 젖었다. 시간이 지나자 발에 감각이 사라졌다. 아차 싶어 신발을 벗어 마른 수건으로 발을 닦고 마사지했다. 해가 뜨자 포스털링 현상도 나타났다. 시간이 지날수록 발이 눈에 더 깊이 빠졌다.

보통 시간당 6킬로미터를 걷지만 눈길이라 1-2킬로미터밖에 걷지 못했다. 체력 소모도 컸다. 시간은 벌써 오후 2시를 넘었다. 소시지와 남미식 전병인 토르티야를 먹었다. 기름이 바닥난 자동차에 휘발유를 부어넣듯 정신줄 놓고 식사를 했다. 나도 모르게 사흘 치 점심을 한 번에 다 먹어치웠다.

등산 스틱으로 얼음을 깨며 걸었다. 가파른 언덕에서는 돌을 붙잡고 걸었다. 미끄러지면 죽는다는 생각으로 한 발 한 발 신중하게 확인하며 올랐다. 마더 패스 정상까지 단 15미터. 그때 몸 절반이 눈 속에 푹 빠졌다. 길이 너무 가팔라 기어서 올라갈 수도 없었다. '떨어지면 즉사다'라는 생각밖에 들지 않았다.

등산 스틱으로 바닥을 지탱하며 몸이 미끄러지는 것을 막았다. 그 사이 눈은 가슴 높이까지 찼다. 눈을 감고 기도했다.

"도와주세요, 삼촌. 도와주세요, 해피데이 선생님."

눈을 뜨고 아주 조금씩 발걸음을 옮겼다. 몸이 움직이기 시작했다. 30초면 지나갈 길을 20분 넘게 걸어서야 빠져나올 수 있었다.

눈물 콧물 마시며 걸은 176일

캐나다 국경으로 가기 위한 마지막 관문인 워싱턴주를 걷고 있을 때다. 캐나다 근방에서 큰 불이 나 트레일이 막혔다는 뉴스를 접했다. 미국과 캐나다 국경 사이에 있는 피시티 종점 기념물인 모뉴먼트78을 봐야 하는데 허탈했다. 할 수 없이 우회하기로 했다.

캐나다로 가기 전 마지막 마을인 워싱턴주 마자마 빌리지(운행 171일째, 운행거리 4170킬로미터)에 도착했다. 와이파이를 연결해 인터넷을 확인했다. 이 무슨 일인가! 화재로 막혔던 길이 오늘 아침 열렸다는 뉴스였다. 할렐루야! 신이 도와주신 건가. 아니면 삼촌과 해피데이 선생님이 도와주신 건가. 기적 같았다.

캐나다까지 남은 거리 98.3킬로미터, 3일 정도 걸리는 거리다. 무리하지 않고 천천히 걸었다. 이 길을 시작할 때 10킬로미터, 100킬로미터를 지나며 언제 끝이 올까 생각했는데, 곧 그날이 손에 잡힐 것 같았다.

9월 3일 오전 8시, 출발 176일째. 캐나다 국경 모뉴먼트78에 도착했다. 멀리 마을에서 챙겨온 맥주를 따 건배를 외쳤다. 해냈다! 소리치고 또 소리쳤다. 하이커들끼리 포옹하고 사진을 찍었다.

나는 가방을 모뉴먼트에 내려두고 멍하니 바라보았다. 눈물이

피시티 시작과 끝 지점에서.

흘렀다. 삼촌에 대한 미안함과 완주에 대한 부담감, 그 무게만큼 눈물이 떨어졌다. 가방을 꼬옥 끌어안았다.

"삼촌, 해피데이 선생님, 저 해냈어요. 그동안 지켜주셔서 감사합니다. 이제 맘 편히 쉬세요. 여기서부터는 혼자서 제 인생의 피시티를 걸어갈게요."

내가 가장 좋아하는 문구를 등에 새기고 피시티를 걷는 것이 소원이었다.

한 발자국이라도 더 나아가야 하는
운명의 사람처럼

●

권현준

세계여행이 지루해졌다. 2017년 11월 21일, 나는 남아프리카 공화국 케이프타운 희망봉에 섰다. 바닷바람이 모자를 날려버릴 듯 거세게 불었다. 한 손으로 모자를 누른 채 먼 바다를 바라보았다. 희망봉은 포르투갈 항해가 바르톨로뮤 디아즈가 인도양을 건너는 길에 처음 발견한 땅이자 모험가들이 탐험 전 목적지에 무사히 갈 수 있도록 기도하는 곳이다.

남미에서 온 한 가족은 파도소리를 들으며 숙연히 기도했다. 회사에 사표를 던지고 세계여행을 하고 있다는 홍택이 형은 눈물을 흘렸다.

"이야~ 멋지다!"

나도 덩달아 감탄사를 내뱉었다. 하지만 별 감흥이 없다. 뻔한 줄거리의 드라마 한 편이 지나고 있는 것 같았다. 나는 왜 여기 있나. 만인의 랜드마크가 나에게 무슨 의미일까?

세계여행을 멈추고 길 위에 서다

그때쯤인가 어느 세계여행자의 인스타그램을 보고 미국 서부 4300킬로미터를 종단하는 피시티를 알게 되었다. 그뒤 스토커처럼 피시티 하이커들의 인스타그램과 페이스북을 팔로우하며 여러 사진을 찾아보았다. 그들의 짧은 감상을 읽는 것만으로도 심장이 두근거렸다. 눈물도 찔끔 났다. '피시티' '4300킬로미터'가 멈추지 않는 팽이처럼 세계여행하는 내내 가슴을 맴돌았다.

2018년 1월 4일, 아르헨티나 모레노빙하 앞에 섰다. 억겁의 시간이 얼어붙은 얼음장벽이었다. 그런데 그것이 나에게 별다른 의미로 다가오지 않았다. 그때 결심했다. 피시티다. 나는 걸어야 한다. 한 발자국이라도 더 나아가야 하는 운명을 가진 사람처럼.

베트남을 시작으로 인도, 아프리카, 아메리카 대륙을 여행하고 유럽으로 향하려던 어느 날, 계획을 전면 수정하고 피시티에 도전하기 위해 한국으로 돌아왔다. 피시티는 4-6개월 걸리는 장거리 하이킹이다. 그래서 6개월까지 체류가 가능한 B1/B2 비자를 준비해야 했다.

2018년 5월 7일, 로스앤젤레스행 비행기에 몸을 실었다. 미국에 도착해 아웃도어 용품점에 들러 부족한 장비를 샀다. 피시티 출발 지점인 멕시코 접경 도시 캠포로 가기 위해 샌디에이고에 있는 한인 민박집에 짐을 풀었다.

방은 어수선했다. 침대에 바퀴벌레 사체가 말라비틀어져 있었다. 수건은 침대 주변에 너저분하게 널려 있었다. 아, 너무 즉흥적으로 온 것 아닌가. 머리 속이 어지러웠다. 산에서 조난당해 죽진 않을까. 곰이 공격하면 죽은 척을 해야 하나. 부모님께 손편지를 썼다. 유서가 아니길 바랐다.

"도전에 성공할지 실패할지 저도 모르겠어요. 선택이 옳은지 틀렸는지도 모르겠어요. 하지만 쉽게 포기하지 않겠습니다. 이겨내겠습니다."

나름 장거리 도보여행에 자신이 있었다. 2014년 전남 해남 땅끝마을에서 파주 임진각까지 600킬로미터를 걸었고, 2015년 대한민국 전국 도보여행을 했다. 2017년 네팔 히말라야 토롱라 패스(5416미터)에 다녀왔고, 2018년 초에는 아르헨티나 파타고니아 트래킹을 했다. 체력이 부족해 포기하는 일은 없을 것이라고 생각했다.

5월 9일 낮 12시 34분, 대장정을 시작했다.

40도 뙤약볕 아래 혼자가 되어 걷다

낮 기온이 40도 가까이 되는 캘리포니아 뙤약볕 아래 어깨는 맥없이 처졌다. 장딴지와 허벅지에는 알이 배고 근육은 빨래 짜듯 죄어왔다. 가방은 바윗돌이라도 넣은 듯 천근만근 무거웠다. 어깨가 아파 배낭끈을 손으로 번갈아 부여잡고 허리를 숙이고 걸었다. 배낭 허리끈이 골반을 쓸어 벌겋게 상처가 났다. 첫날, 오후 5시가 안 돼 운행을 멈췄다. 운행거리는 고작 9.1킬로미터. 고난이 예고돼 있었다.

미국 서부 장거리 도보여행은 한국 국토대장정과는 급이 다르다. 한국이 아스팔트 평지를 걷는 거라면 피시티는 오르막과 내리막을 반복해 걸어야 한다. 물 수급에 대한 불안감도 견뎌야 한다. 한국에서는 편의점에 가서 물을 사 먹어도 되지만, 이곳은 휴대전화도 안 터지고 주변엔 상점 자체가 없다. 겨우 도착한 물 수급 장소에는 소금쟁이가 떠다니거나 벌레가 빠져 죽어 있는 등 오염된 경우도 있다.

피시티 종주는 2년간 세계일주를 함께한 친구 두 명과 동행했다. 아프리카와 남미 여행을 하며 위험한 순간을 함께 이겨낸 동지들이었다. 하지만 보름 만에 이별해야 할 시간이 왔다. 우리는 걷는 속도가 달랐다. 회복 속도도 같지 않았다. 상대방의 운행 리듬을 방해하고 있다는 걸 은연중 서로 알고 있었다. 의논 끝에

세계일주를 함께했던 친구들과 피시티 출발점에서 찍은 사진.

피시티의 흔한 일몰 풍경. 하루 중 가장 행복한 시간이다.

헤어지기로 했다. 며칠 휴식하면 서로 만날 수 있는 간격을 두고 걷기로 했다. 그렇게 혼자가 됐다. 이후에도 그 친구들을 다시 만난 날은 그리 많지 않았다.

트레일 전체 구간 중 8할은 혼자 걸었다. 한인 하이커끼리 뭉쳐 텐트에서 밥을 먹고 모닥불을 피우는 모습을 볼 때면 옆에 껴볼까 하는 마음도 생겼다. 한인 피시티 하이커가 모여 있는 카카오톡 단체방에서는 서로 으쌰으쌰 하며 여행하는 사진이 올라왔다. 그걸 볼 때마다 미치도록 외로웠다.

하지만 나는 한국 문화에서 벗어나 새로운 것을 경험하고 싶었다. 휴대전화 메모장에 일기를 쓰며 외로움을 견뎠다.

모두 버려야 걸을 수 있다, 산다

출발한 지 한 달이 지나고 험난한 산세가 펼쳐진 캘리포니아 중부 하이 시에라 구간을 지날 때쯤 나도 모르게 몸이 장거리 하이커의 것으로 바뀌고 있었다. 알람을 맞추지 않아도 새벽 4시 반이면 눈이 떠졌다. 다리 근육도 '딴딴'하게 모양이 잡혔다. 휴대전화가 꺼져 내비게이션을 볼 수 없어도 불안하지 않았다. 이 방향이 맞겠지 하는 촉이 생겼다. 이때부터 하루하루 행복했다.

운행 33일째, 1130킬로미터를 걸어 사막 구간 끝이자 시에라 구간 시작점인 케네디 메도우즈에 도착했다. 여러 나라의 하이커를 만났다. 일본에서 클라이밍 강사를 했다는 30대 후반 하이커 노부는 일본 전통 삿갓을 쓰고 사무라이 문신이 그려진 토시를 입고 길을 걸었다. 알래스카 출신 제레미는 수염과 머리카락이 얼굴을 완전히 뒤덮어 에스키모 같았다.

그들은 나보다 일주일가량 늦게 출발했지만 나를 따라잡았다. 비결은 무게였다. 나는 맥주를 마시며 친해진 베테랑 하이커에게 내 가방을 점검해달라고 부탁했다. 그는 불필요한 것을 거침없이 꺼내기 시작했다. 첫 번째는 배낭 레인커버와 우비 등 비를 막는 장비와 바람막이, 내복 등 보온성 옷가지였다. 당시 비도 오지 않았고 따뜻한 사막구간이라 밤에도 그리 춥지 않았다. 두 번째는 많은 양의 음식이었다. 세 번째는 텐트 자체였다. 마지막으로 하이커들은 입을 모아 말했다.

"너, 배낭에 든 짐보다 마음속에 가득 찬 욕심부터 버려."

필수품은 자체 제작했다. 미국 세탁소에서 흔히 구할 수 있는 일회용 비닐봉지로 우비와 레인커버를 만들었다. 텐트를 버리고 야영지에서는 비닐 돗자리와 매트리스를 깔고 침낭에서 잤다. 이른바 카우보이 캠핑이다. 밥도 적게 먹었다. 마을에서 토르티야에 초콜릿 잼 누텔라를 발라 랩으로 싸서 가지고 다녔다. 잼 통 무게를 줄이기 위해서였다. 즐겨 먹던 참치와 스팸도 버렸다. 식사량 자체를 줄였다.

청결도 버렸다. 하이킹을 할 때 입고 있던 옷과 양말 두 켤레, 경량 패딩을 뺀 모든 옷을 최종 목적지로 보냈다. 배낭 무게가 4킬로그램 정도 줄었다. 가벼워진 배낭 덕분에 매일 40킬로미터를 걸을 수 있었다.

눈에 숨어 있던 얼음장 계곡에 빠지다

시에라 구간에 입성한 지 2주가 지났을 무렵 존 뮤어 트레일(운행 49일째, 운행거리 1609킬로미터)에 다다랐다. 시간은 오후 6시 10분, 해가 떨어지기까지 두 시간이 남아 있었다. 정상까지 오를 수 있다고 판단하고 눈 덮인 길을 치고 올라갔다. 중간에 만난 하이커들은 눈이 녹아 위험하니 내일 새벽에 같이 오르자고 했다. 하지만 난 앞뒤 재지 않고 '직진 본능'을 발휘했다.

무리수를 뒀나. 눈 덮인 길에는 발자국이 없었다. 그나마 발자국이 있는 곳은 길이 여러 군데로 길게 나 있었다. 휴대전화 지피에스도 먹통이었다. 등산화가 눈에 젖기 시작하더니 눈에 덮여 있어 알아차리지 못한 계곡에 발이 빠져 양발까지 다 젖어버렸다. 얼음장 같았다. 정신을 차려보니 골반까지 물에 잠겼다. 다시 배까지 잠겼다. 상상도 못한 일이었다. 3000미터가 넘는 고봉에 깊은 계곡이 숨어 있다니. 물살마저 강했다.

산에서 텐트도 없이 카우보이 캠핑을 했다.

아름다운 나의 발. 24시간 챌린지 도중 60킬로미터 지점에서.

"나는 할 수 있다! 당황하면 안 돼!"

큰 소리로 외치며 뛰다시피 걸어 반대편 육지에 올라섰다. 침낭과 배낭이 젖었다. 신경 쓸 겨를이 없었다. 너무 추웠다. 다리가 얼 것 같았다. 젖은 레깅스를 벗고 반바지로 갈아입었다. 반바지도 이미 젖어 있었지만 딱 붙어 체온을 흡혈귀처럼 빨아먹는 레깅스보다는 나았다. 웃옷도 벗고 맨몸에 경량 패딩만 입었다. 젖은 양말도 벗어 던지고 대신 빨기 위해 구겨둔 냄새 나는 것으로 갈아 신었다. 오후 6시 40분, 존 뮤어 패스 정상에 도착했다. 하지만 대피소는 먼저 도착한 하이커들이 차지하고 있었다. 조금 더 걷기로 했다. 10여 분 하산하던 중 또 발이 물에 빠졌다. 이번엔 종아리 근육 경련까지 났다. 비명을 지르며 드러누웠다. 체념하고 5분 정도 누워 하늘을 바라보았다. 눈물이 흘러내렸다.

밤 9시, 10시, 11시, 몸을 벌벌 떨며 걸었다. 랜턴 하나에 의지해 발자국을 밀어냈다. 새벽 1시쯤 새로운 야영장이 보였다. 한국 하이커들이 많이 쓰는 브랜드의 텐트가 여럿 있었다. 뭔지 모를 안도감이 밀려왔다. 부랴부랴 텐트를 치고 밥과 파스타가 섞여 있는 즉석식품인 크노스에 뜨거운 물을 부어 불렸다. 치즈도 두 개 넣어 비볐다. 밥이 입에 들어가자 다시 눈물이 나려 했다.

젖은 옷을 나무에 걸어두고 젖은 침낭에 발가벗고 들어갔다. 일기를 쓰려고 휴대전화를 꺼냈다. 눈물이 터졌다. 야밤에 혼자 두꺼비처럼 꺽꺽 울었다. 위험한 상황에서 무모한 시도. 다시는

그러지 않으리라 생각했다. 하지만 해냈다. 성공했다는 벅찬 마음
도 밀려들었다.

'피시티 24시간 챌린지'에 도전하다

'피시티의 꽃'이라 불리는 시에라 구간을 끝내고 캘리포니아
북부 구간(운행 54일째, 운행거리 1863킬로미터)에 진입했다. 이곳은
다소 지루했다. 멋진 풍경도 많지 않았다. 길이 험해서 주는 성취
감도 그리 크지 않았다. 게다가 뭔놈의 모기가 왜 그리많은지.

나는 피시티의 철인경기 '피시티 챌린지'에 도전했다. 챌린지
란 하이커가 목표를 정하고 게임처럼 수행하는 것을 말한다. 나는
'24시간 챌린지'에 도전했다. 잠을 자지 않고 24시간 걸어서 목적
지까지 가는 것이다. 나는 캘리포니아 북부 에트나(운행 76일째, 운행
거리 2574킬로미터)에서 세이아드 밸리까지 80킬로를 걷기로 했다.

육체적으로도 힘들었지만 무엇보다 배고픔을 참기 어려웠다.
걸으면서 초코바와 견과류를 먹었지만 식욕은 멈추지 않았다. 점
심과 저녁때는 먹어도 먹어도 계속 배가 고팠다. 구멍 뚫린 항아
리 같았다. 다음은 수면욕이었다. 새벽에 하이킹하다 텐트에서 단
잠 자는 하이커를 보면 내 안의 또 다른 자아가 속삭였다. '마, 자
라! 내일 아침에 출발해도 된다 아이가.'

유혹을 뿌리치기 위해 차디찬 새벽 공기에 웃옷을 벗고 소리를 지르고 노래를 부르며 걸었다.

캘리포니아주를 지나 오리건주는 '피시티의 고속도로'라고 불린다. 길이 평평하고 높낮이가 완만해서 빨리 많이 걸을 수 있기 때문이다. 이번에는 '오리건 2주 챌린지'에 도전했다. 732킬로미터 오리건 구간을 하루 52킬로미터씩 걸어 2주 만에 끝내는 것이다.

변수를 만났다. 곤충의 습격이었다. 먼저 모기떼. 걸을 때면 모기 주둥이를 피하기 위해 춤을 추며 걸어야 했다. 모기에 물리지 않기 위해 대소변도 최대한 참았다. 야영장에 도착해서는 냇가에 물 뜨러 가는 사이 온몸 여기저기 스무 방 정도 물렸다. 모기를 피하려고 패딩을 입고 모자로 주변을 휘저으며 밥을 먹었다. 개미도 공격해왔다. 자그마한 개미가 속옷을 파고들어 사타구니를 깨무는데, 그 고통은 실로 표현할 수 없을 정도였다.

한반도기를 펼치자 가슴이 후련했다

2017년 캄보디아 평양랭면관에서 북한 종업원을 만난 뒤 세계여행을 할 때마다 한반도기를 가지고 다녔다. 태극기와 인공기가 같이 그려진 깃발이다. 부산에 놀러 오겠다던 그 종업원과 다시 만날 기회가 있을까.

로스앤젤레스에서 흥사단을 운영하는 조셉 신 선생님을 만나 한반도기를 들었다.

피시티를 걸으면서 옷가지는 버려도 그 깃발은 항상 배낭에 넣고 다녔다. 랜드마크나 중요 지점마다 꺼내 사진을 찍었고, 한반도기를 궁금해하는 하이커에게 깃발의 의미와 함께 우리 역사를 설명했다. 당시 도널드 트럼프 미국 대통령과 김정은 북한 국무위원장이 만날 때였다. 어떤 하이커는 북한 지도자를 향해 '미사일맨'이라고 조롱했지만 대부분은 한반도 통일을 기원해주었다. 나는 한반도기를 펼칠 때마다 가슴이 후련했다.

하이킹 42일째 캘리포니아 중부 시에라의 실버 패스에서 한반도기를 들고 사진을 찍고 있을 때였다. 한국에서 군 생활을 했다는 20대 후반 하이커 로반이 그것을 알아보고 말을 걸어왔다. 나는 한반도 통일에 관해 설명했다. 또 군사력이 강한 미국이 부럽다고 말했다. 그런데 예상 밖의 답변이 돌아왔다.

"미국이 군사적으로 강한 걸 알아. 하지만 전 세계에서 참전 사망자 수도 아주 많은 편이야. 평화가 진짜 필요한 곳은 바로 미국이지."

후련할 줄만 알았는데…

마지막 관문인 워싱턴주. 새벽 촉촉한 안개 속을 걷는 것이 좋았다. 콧속으로 들어오는 젖은 나무 향과 차가운 공기는 나를 황홀하게 했다. 캐나다까지 800킬로미터. 20여 일이면 이 끝없는 여정도 끝이다. 이별이 다가오고 있었다.

캐나다 국경 도착 전 마지막 마을 마자마(운행 104일째, 운행거리 4170킬로미터)에 도착했다. 그런데 하이커들로부터 비보가 들려왔다. 최종 목적지로 가는 길이 산불로 막혔다는 것이다. 믿기지 않았다. 하지만 내 눈 앞에 실제로 펼쳐진 자욱한 산불 연기가 뉴스 속보를 확인해주었다. 계획을 바꿔 마자마에서 히치하이크해 시애틀로 갔다. 렌터카를 빌려 캐나다로 넘어가 그곳에서 남은 거리만큼 거꾸로 걸어 내려갔다. 하이킹 106일째 최종 목적지인 모뉴먼트78에 근접했다.

"바로 앞이 모뉴먼트야, 고생했어 친구."

먼저 도착한 하이커가 웃으며 말을 건넸다. 기쁘고 울컥한 마음에 모뉴먼트를 향해 질주했다.

긴 트레일 목표 지점에 도착했다. 허무했다. 성취감도 밀려왔다. 눈물이 떨어졌다. 모뉴먼트에서 혼자 세 시간을 앉아 생각에 빠졌다.

피시티 하이킹은 힘든 일의 대명사 같다. 하지만 이것을 완주했으니 뭐든 잘하리라는 생각은 좋지 않다. 그 또한 그것에 갇혀 있는 것이니까. 하이킹을 마친 지 꽤 시간이 흐른 지금 나는 그것은 그것대로 놓아주었다. 이미 나는 길에서 많은 것을 배웠다.

워싱턴주 구간. 비와 눈이 계속됐다.

바람의 신은
나를 위로하지 못했다

●

정힘찬

피시티를 걷기 시작하기 한 달 전, 나는 쿠바 감옥에 있었다. 아프리카 말라위에서 치아 의료봉사를 끝내고 남아프리카공화국에서 여행을 하다 피시티에 도전하기 전에 쿠바를 둘러보려고 했다. 아름다운 쿠바 여성, 쿠바나의 살사춤과 황홀한 저녁노을, 고요한 바다를 즐길 참이었다.

시작부터 꼬인 피시티

남아프리카공화국 미국 영사관에서 B1/B2 비자를 받고 쿠바행 비행기에 몸을 실었다. 1만 5000킬로미터, 열세 시간 비행 끝에 쿠바 수도 아바나의 국제공항에 도착했다. 그, 런, 데! 지갑에 땡전 한 푼 없다. 쿠바에서는 공항에서 입국 비자를 돈을 내고 사야 하는데 준비해둔 350달러가 종적을 감춘 것이다. 범인은 남아공 요하네스버그 호스텔 청소부인 것 같았다. 나를 엉큼한 눈으로 바라보더라니. 룸메이트들이 그 청소부를 조심하라고 일찍이 일러주었건만, 난 그 말을 귓등으로 들었다.

넋 놓고 있을 수 없었다. 공항 직원에게 은행 카드로 돈을 뽑아오겠다고 말했다. 브로콜리처럼 곱슬머리를 동그랗게 가꾼 여성은 흔쾌히 허락했다. 현금 인출기를 찾아갔다. 그런데 돈이 뽑히지 않았다. 공항 직원은 "쿠바가 미국과 사이가 안 좋아서 은행 거래가 안 되는 걸 거야"라며 나를 안심시켰다. 내 카드는 미국 은행인 시티뱅크 카드였다.

그러고나서 쿠바 이민국 직원에게 끌려갔다. 나는 다른 현금 인출기에서 돈을 뽑아보겠다, 다른 카드로 돈을 뽑아보겠다, 말했지만 듣지 않았다. 끌려간 곳은 감옥처럼 생긴 좁은 조사실이었다. 질문 세례가 시작됐다. 여권에 입출국 도장이 왜 이렇게 많냐, 뭐 하는 사람이냐, 여행을 왜 하냐 등등 이것저것 따져 물었다.

질문의 농도는 짙어졌다. 이민국 직원은 내 휴대전화를 빼앗아 사진첩을 열었다. 그 안에는 여행하며 찍은 사진과 여자친구 사진이 있었다. 그걸 보고는 한국 여자는 어떤 성향이냐, 여자친구와는 어디서 데이트하냐, 여행을 같이 했냐 등 사생활을 캐물었다. 자존심이 무척 상했다. 묵비권을 행사하고 싶었지만 총 든 사내 두 명이 떡 하니 옆에 서 있었다. 심지어 그들은 내가 항문에 마약을 숨겼는지 확인하기 위해 옷을 홀딱 벗게 하고는 앉았다 일어섰다를 반복해 시켰다.

나는 작은 창이 있는 한 평 남짓한 공간에 들어갔다. 직원들은 그곳을 구금시설이라고 했다. 허름하고 지저분한 1인용 침대와 무릎 높이의 조그마한 문이 달린 재래식 화장실이 있었다. 바닥에는 죽은 바퀴벌레, 천장 구석에는 거미들이 진을 치고 있었다. 피시티 시작부터 '망삘'(망한 느낌)이었다.

감옥에 사흘 동안 갇혀 있다 한국으로 강제 출국됐다. 한국에 돌아오니 친구들은 출소를 축하한다며 생두부를 내 입에 마구 집어넣었다. 피시티 전 2주 휴가를 결국 한국에서 보냈다.

그런 사단을 겪고 난 후 미국 서부 캘리포니아 로스앤젤레스 국제공항에 도착했다. 쿠바 때 생각이 나 출국심사 때 가슴을 졸였다. 하지만 미국은 순순히 문을 열어주었다. 2017년 4월 23일 오전 6시. 미리 연락해둔 트레일 엔젤 스카우트를 만나 그의 차를 타고 멕시코 국경 마을 캠포로 갔다.

근육통은 참아도 더러운 건 못 참는다

미국 캘리포니아의 4월 날씨는 한국의 봄과 달랐다. 파삭 마른 날씨에 태양은 온몸의 마지막 수분 한 방울까지도 빼앗으려는 듯 이글거렸다. 더 참을 수 없는 건 불결함이었다. 피시티를 걷는 첫날부터 찐득한 땀방울이 온몸을 뒤덮었다. 손톱과 발톱, 살이 접힌 주름마다 시커먼 때가 꼈다. 머리는 기름져 질펀하게 눌어붙었다.

텐트 문을 잠깐만 열어도 모래가 가득 들어왔다. 더욱이 지저분한 몰골로 잠을 자야 한다는 게 큰 충격이었다. 그나마 스페인 산티아고 순례길에서는 하이킹을 끝내고 온수로 샤워를 했는데 말이다.

그런데 여러 날이 지나자 나 역시 자연스럽게 세수도 하지 않고 잠을 잤다. 텐트도 길옆 아무 곳에나 쳤다. 저녁밥을 거른 채 이 모든 게 꿈이기를 바라며 잠이 들었다. 아침이면 여지없이 뜨거운 햇살이 내 눈을 강타했다. 어제 점심으로 먹은 라면 찌꺼기가 이 사이에 껴 있었다.

나는 위생을 으뜸으로 생각하는 의학도다. 아프리카 말라위 국립병원에서 구강외과 수술을 배울 때도 수술장비에 균 하나라도 침투하지 않게 하기 위해 신경을 곤두세웠다. 완벽한 무균 세상에서 살았다. 하지만 피시티는 나를 '잡균의 세상'으로 끌어들였다. 피시티에서 의학도의 정체성을 지킬 수 있는 건 칫솔질뿐이었다.

사막의 뜨거운 태양을 피해 하이커들이 나무 그늘 아래 쉬고 있다.

지독한 길치, 거꾸로 가는 나의 발걸음

나는 길치다. 공간지각능력이 제로에 가깝다. 한두 번 길을 잃는 거야 그럴 수 있다 쳐도 수십 번을 반복한다. 구글지도를 보고도 거꾸로 걷는 수준이다. 그 특성이 피시티에서도 나타났다. 하이킹 첫날 피시티 출발지에 세워져 있는 피시티 모뉴먼트에서 기념사진을 찍고 혼자 걷기 시작했다.

"어이, 거기"Hey! hey!

누군가가 나를 불러세웠다.

"이 방향이야, 저 방향이 아니라고"It's this way! not that way.

나는 어이 없게도 북쪽 캐나다 방향이 아닌 남쪽 멕시코 방향으로 걷고 있었다. 하마터면 멕시코 국경 장벽을 넘을 뻔했다. 길치가 길치인 이유가 있다. 방향이 틀렸는데도 용감하게 전진한다는 것이다. 뭔가 이 길이 맞다고 느끼면 열에 아홉은 아니다. 하이커들은 그런 나를 보고 트레일 네임을 만들어주었다.

"너, 트레일 네임 있어?"

"아직 없는데….."

"그럼 우리가 지어줄게."

"뭔데?"

"디스웨이!"

그 순간 모두 빵 터졌다. 나는 디스웨이가 되었다.

고행이라 쓰고 '재미'라 읽는다

대체 왜 걷는가?

하이커들은 보통 이런 생각을 하며 걷는다. 누군가에게 피시티는 일생일대의 도전이고, 또 누군가에게는 기록할 만한 가치가 있는 모험이다. 하지만 내 목표는 거창하지 않았다. 2년 전 스페인 산티아고 순례길에서 만난 체코인에게 피시티에 관해 듣고는 그곳이 궁금했을 뿐이었다.

"그곳에는 하루 70킬로미터씩 걷는 사람도 있어. 마실 물과 텐트, 침낭 등 생존에 필수적인 도구만 들고 걷지. 6개월 동안 신발만 다섯 켤레 정도를 바꿔 신어. 강하게 내리쬐는 황무지 햇빛을 이겨내야 하고 고봉도 올라야 해. 세차게 흐르는 강물도 뚫고 나가야 하고."

그 말을 듣고는 세상에 별 미친놈이 많다고 생각했다. 대체 6개월씩이나 왜 걷는단 말인가. 그런데 희한한 것은 그 말이 계속 내머리에 맴돌았다는 사실이다. 급기야 그 말을 들은 지 6개월이 지나고 나서부터는 피시티를 종주한 한국인이 있나를 검색하기 시작했다. 그들이 출간한 책과 온라인 블로그, 소셜미디어 글을 찾아 읽었다. 피시티 길에 오르기 전 친구들이 물었다.

"왜 걸어?"

"왜 반년이란 시간을 거기다 허비해?"

혼자서 사막을 걸었다.

내 대답은 한결같았다.

"그냥, 재미있을 것 같아서."

또는 "별다른 이유 없이 도전하면 안 되는 거야?"라고 반문했다.

정작 피시티를 걸으면서는 하루에 천 번도 넘게 포기할까 생각했다. 꽉 끼는 등산화를 신다가 물집이 크게 잡혀 샌들형 신발인 크록스를 신고 일주일간 걷기도 했다. 첫 구간인 사막을 지날 때는 물이 부족해 목이 타올랐다. 물통 여섯 개를 들고 물 없는 구간 40킬로미터를 걷기도 했다.

현지 출신 하이커들은 힘들면 포기하고 집으로 돌아갔다. 어느 하이커는 세 번이나 집으로 도망갔다가 트레일로 돌아왔다고 했다. 하지만 난 계속 걸었다. 포기할 수 없었다. 다행히 한 달쯤 지나자 몸이 길에 적응하기 시작했다. 처음에는 하루 15킬로미터 정도 걷다가 이후에는 30-40킬로미터씩 걸었다.

조금씩 웃으며 걸을 수 있었고, 각 나라에서 온 친구들과 시답잖은 개그를 치며 걷기도 했다. 새빨간 훈장처럼 자리했던 뒤꿈치 물집은 한 달이 지나자 거북이 등 같은 굳은살로 재무장되었다.

캘리포니아 북부 레이크 타호(운행 83일째, 운행거리 1700킬로미터)를 걸을 때다. 폭설로 인해 길이 많이 지워져 자주 길을 잃었다. 난 휴대전화로 길찾기 애플리케이션 '하프마일'halfmile을 보며 걸었다. 산 바위 능선을 맨손으로 부여잡고 기어오르기도 하고 우거진 나뭇가지를 헤치며 걷기도 했다.

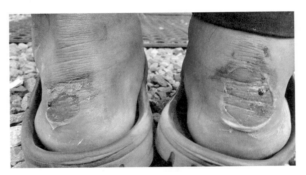

물집이 너무 크게 나서 샌들형 신발을 신고 걸었다.

한참을 그렇게 걷고 있었는데 오후 2시쯤 맞은편 산에서 뭔가 움직이는 것이 보였다. 곰인가? 자세히 보니 텐트였다. 고요한 산에서 인기척이 느껴져 '헬로' 하고 소리쳤다. 5초 뒤 반대편에서도 '헬로' 하고 답이 돌아왔다. 산정 호수 반대편에 사람이 존재한다는 것만으로도 신이 났다. 난 다시 소리를 질렀다. 또 화답이 왔다. 수건을 머리 위로 돌리고 춤을 췄다. 난 길을 잃지 않았다!

30분쯤 쉬고 다시 걸었다. 숲을 뚫고 걸을수록 아까 그 텐트와 가까워졌다. 한 시간을 걸으니 그들 가까이에 갈 수 있었다. 그들은 설산에서 썰매를 타고 있었다. 아시아계 남녀였다. 그들이 내게 물었다.

"여행 어떠세요?" How are you?

"좋아요. 아까 대답해줘서 고마워요" Good! Thanks for answering.

"아니에요. 재밌었어요. 어디서 여행 오신 거예요?" You're welcome. It's Great. Where are you from guys?

"저, 한국이요" I'm from South Korea.

"어? 한국인이세요? 나도 한국인인데! 그럼 한국말 할 줄 아세요?"

"그럼요, 당연하죠!"

깊은 산속에서 우리나라 사람을 만나다니. 반가움은 놀라움으로 바뀌었고 끝도 없이 서로 이야기를 나누었다. 그들은 거지꼴인 나에게 밥과 미역국을 만들어주었다. 오랜만에 맛보는 한식이었다. 한인 가족은 열 명 정도 되었다. 레이크 타호에 자주 캠핑을 온다고 했다. 대가족이 고요하고 경이로운 자연에서 맘껏 뛰놀 수 있다는 게 부러웠다.

다시 길 떠날 채비를 하는데 그들 일행 중 한 명이 내 신발 끈을 쳐다보았다. 내 신발 끈은 불에 타 있었다. 물에 젖은 것을 불에 말리다 타버린 것이다. 그는 핑크색 새 신발 끈을 선물했다. 꼬질꼬질한 신발에 핑크색 신발 끈이 새로 묶였다. 웃겼지만 감사했다. 지금도 그 핑크색 신발 끈을 간직하고 있다.

헤매는 내비게이션, 흔들리는 멘탈

피시티를 걷기 시작하고 100일이 지났을 무렵 오리건주로 들어섰다. 오리건은 평지가 많고 경사가 완만해 속도를 낼 수 있었다. 두 다리, 짊어진 배낭의 무게, 정신상태 등 모든 것이 트레일에 완전히 적응했다고 생각했다. 자연에 대한 두려움도 자신감으로 바뀌었다.

한참 걷는데 길이 점점 좁아지더니 나무도 우거졌다. '길치 본능'에 따라 계속 앞으로 나아갔다. 한 시간 정도 걸었는데 막다른 길이 나왔다. 주위 어디에도 트레일은 보이지 않았다. 뒤를 돌아보았다. 내가 지나온 길이 맞나 싶을 정도로 길의 흔적이라고는

피시티 중간지점인 피시티 미드 포인트. 핑크색 신발끈을
묶고 있다.

찾아볼 수 없었다. 길쭉하게 뻗은 나뭇가지와 커다란 잎사귀, 내 몸통보다 두꺼운 나무뿐이었다. 머리가 하얘졌다.

길찾기 앱 하프마일을 다시 켰다. 앱을 따라 길을 되돌아가기 시작했다. 그것도 잠시, 지나왔던 길을 전혀 가늠할 수 없었다. 그 동안 걸었던 길이 잘못된 것인가. 완전히 공황상태에 빠졌다.

30분 정도 자리에 앉아 쉬었다. 그렇게 정신을 다시 부여잡고 앱을 들여다보았다. 이번에는 화살표가 다른 방향을 가리켰다. 가리키는 곳에는 울창한 숲만 있었다. 나는 앱이 정상으로 돌아가고 있는 것인지 의심이 들었다. 하지만 대안이 없었다. 앱을 보며 숲을 뚫고 걸었다. 나뭇가지를 물리치고 잎사귀를 쳐내며 산을 탔다. 바위 무더기를 맨손으로 잡고 올라갔다. 가방에 매달린 호루라기도 힘껏 불었다. 누가 있으면 대답 좀 해달라고 소리를 질렀다. 주변은 고요하기만 했다.

40분쯤 헤맸을까. 산 능선에서 정식 트레일이 보였다. 온몸이 땀으로 범벅이 돼 있었다. 가지고 있던 물을 벌컥벌컥 마시고 바위에 걸터앉았다. 잠시 내가 오만했던가. 가쁜 숨을 몰아쉬는 사이 언덕 아래에서 하이커 한 명이 올라오고 있었다.

하루하루 치열했던 넉 달간의 사투를 마치다

피시티 피날레 구간인 워싱턴주는 유난히 오르막길이 많았다. 오르고 또 오르고 다시 올랐다. 비까지 오는 날이면 정신도 무너졌다. 비는 엉덩이를 타고 허벅지를 따라 등산화 속으로 흘렀다. 비를 피할 곳도 없었다. 어쩌다 커다란 나뭇잎의 나무를 발견하면 그 아래서 잠시 비를 피했다. 피시티 막바지에는 눈까지 내렸다. 몸과 마음이 얼어붙었다.

하이킹을 시작한 지 159일. 그토록 바라던 캐나다 국경 모뉴먼트78에 도착했다. 하지만 기쁨보다 공허함이 밀려왔다. 목적지에 다다르면, 서풍의 신 제피로스가 나를 황홀한 곳으로 데려다주리라 생각했다. 아니, 그래야만 했다. 그러나 그곳의 공기는 눅눅했고 땀에 전 하이커의 거친 숨소리만 들렸다.

하이커들은 배낭에 담아 온 샴페인을 터트렸다. 환호성을 지르고 춤을 췄다. 나는 태극기를 펄럭이며 사진을 찍었다. 부모님께 보낼 영상편지를 만들었다. 세리머니를 끝낸 뒤 여느 때와 다름없이 토르티야에 초콜릿 잼 누텔라를 발라 먹었다. 곰 젤리 '하리보'를 색깔별로 꺼내 질겅질겅 씹었다.

그 고생을 했는데 그냥 갈 수는 없었다. 목적지인 모뉴먼트에서 무언가 계속해야 할 것 같았다. 하지만 공허함은 이길 수 있는 상대가 아니었다. 땅바닥에 주저앉았다. 아무 말도 할 수 없었다.

멍한 눈빛으로 모뉴먼트를 바라보았다. 눈물이 툭 떨어졌다.

피시티에서 무엇을 배웠냐고 자문한다면 글쎄, 한 단어로 정리하기 어렵다. 집념, 오기, 그건 아니다. 결국 허무인가? 그것도 아니다. 난 걷고 걸었으며 주어진 한 끼 식사를 온 힘을 다해 먹었다. 하루하루 치열했고 또 견뎌냈다. 넉 달간의 사투를, 내가 좋아하는 소설《그리스인 조르바》의 한 구절로 대신한다.

"당신은 자유롭지 않아요. 당신이 묶인 줄을 잘라버리지 못해요. …인간이 이 줄을 자르지 못하면 살맛이 뭐 나겠어요? …잘라야 인생을 제대로 보게 되는데."

출발점과 도착지에 있는 모뉴먼트에서 찍은 사진을 합성했다.

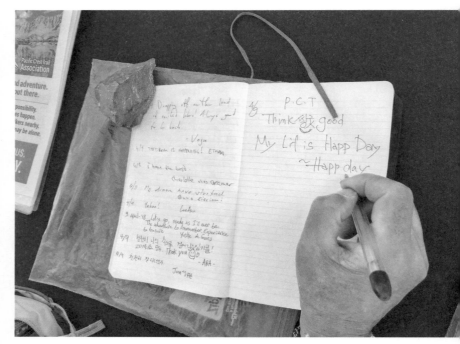

남편은 피시티 과정을 노트에 일일이 기록했다.

늘 한 길만 보던 남편,
피시티에서 잠들다

●

신선경

아침 일찍 웬 전화지?

2018년 4월 14일 토요일 아침 7시 20분. 휴대전화 벨소리에
잠에서 깼다. 한가로운 주말 따스한 볕이 창문을 통과해 환하게
비추는 아침이었다. 거실로 나가 식탁에 있던 전화기를 들었다.
420-1024-××××. 낯선 숫자 조합, 국제전화였다. 광고 스팸전화
인가 싶다가 혹시 몰라 통화 버튼에 손가락을 갖다댔다.

"LA 영사관입니다… 혹시…"

희미한 목소리가 붙었다 떨어졌다 하더니 끊겼다. 다시 전화가
울렸다.

"LA 영사관입니다. 박선칠 씨 가족이신가요?"

"네, 그런데 무슨 일인가요?"

"남편이 사망하셨습니다."

심장이 가슴 밖으로 튀어나왔다 들어가는 것 같았다. 정신이 몽롱했다. 잠깐 기다려달라고 말하고 식탁에 놓인 물을 한잔 마셨다. 메모지와 펜을 가져와 바닥에 철퍼덕 앉았다. 몸이 떨려 등을 벽에 기댔다. 부들거리는 손으로 펜을 들고 전화를 받았다.

"왜요? 어떻게 사망을 해요? 사고를 당하셨나요?"

"심장마비 같습니다."

걸으면서 행복했던 사람

남편 박선칠. 1953년에 태어나 66년간 이 세상에 살다 갔다. 내가 대학에 입학했을 당시 남편은 열 살 위인 학보사 간사였다. 남편은 첫 대면에서 내게 특별한 감정을 느꼈다고 했다. 나도 3년 동안 학생기자를 하며 남편을 졸졸 따라다녔다. 그는 늘 내게 자상했다. 그러다 정이 들었고, 결혼했으며, 아이를 낳았다. 누구나 겪는 갈등, 기쁨, 행복을 나누며 동반자로 37년을 딱 붙어 살았다.

산행을 좋아했던 남편은 눈앞에 산봉우리가 보이면 정상까지 꼭 올라야 했다. 사업도 한눈팔지 않고 외길만 걸었다. 세상을 떠나기 전 〈캠퍼스저널〉과 〈대학문화신문〉, 공모전 전문 잡지 등을 전국 대학에 발행했다. 지금이야 다종다양한 인쇄물이 많지만 30년 전만 해도 드물어 우리 매체에 광고하려는 기업이 줄을 섰다. 그는 또 '보다 나은 사회를 만들고 사회로부터 칭찬받는 기업'을 목표로 공모전 플랫폼 '씽굿'을 만들었다.

사업에 몰두하던 남편은 3년 전 교회 목사님의 설교를 듣다가 스페인의 카미노 순례길을 알게 되었다. 스페인과 프랑스 접경지대에 있는 곳으로 생장 피데포르를 출발해 예수의 제자 야곱의 무덤이 있는 스페인 북서쪽 도시 산티아고 데 콤포스텔라까지 가는 800킬로미터 길이었다.

그는 2017년 4월 한 달가량 카미노 순례길 프랑스 구간을 다녀온 뒤 북쪽 구간을 가기 위해 공부했다. 같은 해 9월에는 스페인 북쪽 해변을 따라 바욘에서 콤포스텔라를 지나 묵시아까지 970킬로미터의 북부 순례길을 걸었다.

남편은 순례를 하기 전이면 해당 길에 관한 책과 다큐멘터리를 닥치는 대로 보고 읽었다. 실크로드 도보여행자이자 작가인 베르나르 올리비에의 저서 《나는 걷는다》와 《나는 걷는다 끝》, 《떠나든 머물든》 등을 즐겨 읽었다. 목표를 세우고 달성하려는 작가의 치열함이 자신과 닮았다고 했다.

남편의 순례길 닉네임은 '해피데이'였다. 남편은 길에서 만난 사람들과 금방 친구가 되었고, 사진을 같이 찍었으며, 와인을 마시며 즐거운 시간을 보냈다. 그는 매일 순례길 사진을 내게 전송

미국과 멕시코 국경지대인 캠포에서 피시티를 출발하며 하이커들과 함께.

하며 '나는 지금 아주 행복하다'고 했다. 나도 그와 함께 걷고 있는 것 같아 더불어 즐거웠다.

"여보, 더 넓은 세상을 보고 느끼고 싶어"

해외 장거리 하이킹을 하고 돌아올 때면 남편은 걸었던 거리만큼 가슴이 텅 비어 보였다. 공허함을 느끼는 것 같았다. 그리고 어딘가 계속 걷고 싶어했다.

그러다 우연히 KBS 특별기획 다큐멘터리 〈순례〉를 보게 되었는데, 4300킬로미터를 걷는 피시티에 대한 내용이었다. 남편의 눈은 반짝였고 도전의식과 모험심이 가동되기 시작했다.

남편은 결심을 하면 늘 운동부터 시작했다. 북한산 둘레길을 걷고, 서울 집에서 양평 시골집까지 걸으며 몸을 만들었다. 발에 물집도 잡히고 관절이 아파 고생도 했지만 컨디션을 조절해 점점 걷는 거리를 늘렸다. 배낭에 13킬로그램 무게의 짐을 넣고 한 달간 제주도 해안선을 따라 걷기도 했다. 준비가 철저한 사람이었다.

피시티 정보도 꼼꼼히 모았다. 미국에 3대 트레일인 애팔래치아 트레일, 콘티넨털 디바이드 트레일, 피시티를 모두 종주한 같은 연배의 윤은중 씨, 피시티에 관한 책 《퍼시픽 크레스트 트레일 나를 찾는 길》을 쓴 김광수 군, 《PCT 하이커 되기》를 쓴 김희남 군 등 여러 하이커를 직접 만나 정보를 얻었다. 출발하기 전에는 예비 하이커들과 단체 카카오톡 방을 만들어 정보를 교환했다.

피시티는 스페인 순례길과 달랐다. 거리도 2천 킬로미터 이상 더 길고, 사막과 산림을 지나 눈이 덮인 산과 얼음장 같은 계곡을 건너야 했다. 때로는 곰과 방울뱀도 피해야 했다. 거실에는 산악 장비가 쌓여갔다. 피시티를 떠나며 남편은 내게 말했다. 이제 사업에서 손을 조금씩 떼겠다고. 그동안 자신은 최선을 다했고 한 길로만 열심히 뛰어왔다고. 그는 인생 2막 무대의 시작을 피시티로 정한 듯 보였다.

"여보, 이제 더 넓은 세상을 보고 느끼고 싶어. 아직 보지 못한 자연을 보고 싶어. 하나님이 만드신 멋진 세계를 보는 것이 내 남은 생의 목표야."

하늘나라로 가기 전 나흘간의 여행

2018년 4월 3일 캘리포니아주 샌디에이고에 도착한 남편은 그 도시를 사흘간 여행하고 트레일 엔젤 '스카우트와 프로도'의 집에서 며칠 묵었다. 남편은 피시티를 허락해줘서 고맙다며 나를 '엔젤'이라고 불렀다. 그리고 말했다.

"나는 행복한 사람이었어. 하고 싶은 것 다 하고 지금까지 쉬지 않고 일을 할 수 있었고 말이야. 만약에 말이야. 예기치 않은 상황이 온다고 해도 난 후회하지 않아. 난 정말 이 세상 정말 멋지게 살다 간 사람이야."

남편은 늘 눈이 와도 좋고 비가 와도 좋다며 노래했다. 항상 기뻐서 일부러 슬픈 생각을 떠올릴 정도라고 말했다.

4월 9일부터 남편은 걷기 시작했다. 사막 기후는 40도를 육박했고 물도 구하기 어려워 남편은 힘들어했다. "이렇게 힘든데 내가 왜 걸어야 하냐"며 푸념하기도 했다. 하지만 자연 속에 있는 것을 아주 좋아했다. 화상전화를 하다 신이 났는지 내게 엄지손가락을 치켜들었다.

남편은 하루(4월 10일) 더 걷고 다음날 쉬었다. 그리고 또 하루를 걷고 이튿날인 13일 정오쯤 심장마비로 세상을 떠났다. 출발 56킬로미터 지점, 피시티 시작 닷새 만이었다.

남편이 숨지기 여덟 시간 전 나는 그와 20분 정도 전화통화를 했다. 미국 시간으로 아침 7시였다. 남편은 전날도 힘들어서 20킬로미터밖에 못 걸었는데 오늘은 14킬로미터만 걸을 예정이라고 했다. 스페인 카미노 순례길은 평평해서 하루에 30-40킬로미터씩 걸었지만 이곳은 차원이 다르다고 했다.

나는 힘들면 그만두고 와도 괜찮다고 말했다. 남편은 피식 웃고 목표했던 길을 떠났다. 원래 그런 사람이었다.

피시티 출발 전 나와 함께 찍은 사진.

영정사진 된 피시티 셀카사진

"주연아…"

"엄마, 잠깐만 무슨 일이야? 오빠 일? 아니면 아빠 일?"

"주연아, 아빠… 아빠가 돌아가셨단다."

집에 있던 늦둥이 딸은 비틀거리는 나를 안아주었다. 큰아들은 중국에 있어 전화로 소식을 전했다. 남편을 말렸어야 했나 뒤늦게 후회했다.

우리는 나흘 뒤인 4월 17일 로스앤젤레스에 도착했다. 시신은 LA 영사관과 현지 한인의 도움으로 샌디에이고에서 로스앤젤레스 영안실로 옮겨져 있었다. 남편은 관에 편안히 누워 있었다.

"여보야! 왜, 여기 누워 있니?"

소리쳐봐도 반응이 없었다.

유품은 배낭과 피 묻은 목도리였다. 바닥이 해진 배낭에는 흙먼지가 가득했다. 다른 물건은 걸으며 하나 둘 비웠던 터라 남아 있는 것이 별로 없었다. 목도리 혈흔은 남편이 심장마비로 바닥에 쓰러지면서 흘린 코피였다. 미국 장례식장에 남편과 같이 걸었던 한인 하이커들이 찾아왔다. 남편이 쓰러졌을 때 심폐소생술을 해준 직업군인 출신 청년도 왔다.

귀국 전 로스앤젤레스 국제공항 근처 산타모니카 해변 카페에 앉아 부고를 썼다. 낯선 분위기에 어색한 재즈 음악을 들으며 쓰고 고치고를 반복했다. 영정사진은 남편이 피시티를 출발하며 푸른 하늘과 메마른 덤불 언덕을 배경으로 찍은 셀카사진으로 골랐다.

[부고] 항상 'Happy day'라 말씀하시던 박선칠 님이 하나님께서 창조하신 멋진 세상을 보기 위해 미국 서부 피시티 하이킹 여정을 따라가던 중 천국으로 가셨습니다. 그 어느 곳보다 아름답고 멋진 곳, 주님 품에서 쉬고 계시리라는 것을 믿습니다.

남편의 꿈은 멈추지 않았다

하지만 남편의 걸음은 멈추지 않았다. 하이커들이 남편의 유품을 들고 길을 걸었다. 백인 청년 팀은 남편이 써줬던 "Tim, PCT Your Friend, Happy Day"라는 메모를 품고 걸었다. 박종훈 군은 남편 이름을 배낭에 새기고 걸었다. 사망 당일 함께 출발했던 조아라 양과 이우주 군은 남편의 팔찌와 손수건을 들고 걸었다. 2015년에 피시티를 완주한 김희남 군은 피시티 하이커들의 축제인 피시티 데이에 참석해 'HAPPY DAY' 배지를 하이커들에게 나눠주었다. 그가 친구들과 직접 제작한 것이었다.

2019년 4월 13일, 남편 소천 1주기를 맞아 아들딸과 함께 남편이 쓰러졌던 길을 찾아갔다. 혼자 세상을 떠나보낸 미안함 때문에

함께 출발했던 하이커들이 남편의 팔찌 등 유품을 들고
피시티를 걸었다.

꼭 한 번은 가야 한다고 늘 생각했다. 차가 갈 수 있는 곳까지 들어간 다음 40분 정도 걸었더니 구글 사진으로 보았던 바위와 선인장이 눈에 들어왔다. 남편이 쓰러진 장소였다. 저 멀리 산등성이가 겹겹이 보이고 구름 한 점 없는 푸르고 높은 하늘이 한눈에 들어왔다. 그래, 이곳이라면 남편이 마지막 숨을 거둘 때 그리 나쁘지 않았겠구나. 나와 아이들은 목이 터져라 아빠를 불렀다.

글을 쓰고 있는 지금도 가슴이 아리고 먹먹하다. 이제 내가 남편이 남기고 간 사업체를 이어가야 한다. 큰아들은 결혼해 아들을 낳고 가정을 꾸리고 있고 아직은 아빠 손길이 필요한 20대 딸은 나와 지낸다. 나를 엔젤이라고 부르던 남편이 먼저 엔젤이 돼 하늘로 떠났다. 남편은 나를 처음 보았을 때, 하늘색 모시 치마저고리에 머리를 한 다발로 곱게 묶은 노년의 모습을 상상했다고 한다.

"Happy Day 여보, 내가 그곳까지 가려면 시간이 좀 걸릴 것 같아요. 당신이 떠나고 나니 그 빈자리가 얼마나 큰지 느껴집니다. 온 마음으로 해왔던 그 많은 일들이 이제야 왜 그렇게까지 해야만 했었는지 이해가 되네요. 이제 제가 맡은 역할, 두 아이의 엄마로서 남은 길을 가려 합니다. 여보, 내가 그곳에 가기 전까지 멋진 하늘에서 구름, 별, 달 보며 도보여행하고 계세요. 저도 훗날 많은 이야기 가득 가지고 갈게요."

깊은 산 호수. 남편이 걷고 싶어했던 피시티 길이다.

워싱턴주 나이프 에지. 내가 가장 좋아하는 포인트다. 앞에 보이는 것은 레이니어산.

지독하게 힘들었던,
내 인생에서 가장 행복했던 순간

●

박승규

6월 어느 날 후덥지근한 강의실이다. 솔솔 부는 에어컨 바람을 맞으며 강의를 듣는다. 여행이란 무엇인가, 역사는 무엇인가, 하얀 펜으로 칠판이 도배된다. 나는 기계처럼 노트에 옮긴다. 강단은 혼자 켜져 있는 텔레비전 같다. 뻔한 스토리의 TV 프로그램처럼 무료하다.

처음 공대에 입학했다가 적성에 맞지 않아 제대한 후 관광경영학과에 들어갔다. 여행을 통해 누군가에게 행복을 전해주고 싶었다. 하지만 강의실 속 여행은 지루했다. 시간 낭비 같았다.

나는 무엇을 좋아하고 무엇을 잘할까? 어떻게 해야 행복할까?

해답도 없는 질문에 나는 지쳐 있었다. 다만 평범하게 살고 싶지는 않았다. 세상이 내 마음대로 되지 않을 거란 사실은 알고 있었지만, 세상 틀에 갇혀 끌려가고 싶지 않았다.

갑자기 세상이 달라 보였다

그때쯤이다. 도보여행가 손성일 대장이 내가 사는 충남 공주에 내려왔다고 연락해왔다. 손 대장은 사단법인 아름다운도보여행 이사장으로, 국내 여러 도보여행 길을 만들고 부산에서 유럽으로 이어지는 월드 트레일을 개척하고 있었다. 나와는 4년 전 공주에서 서울까지 210킬로미터를 함께 걸은 인연이 있었다.

동네 호프집에서 손 대장을 만났다. 그 자리에는 남자 두 명이 더 있었는데, 손 대장은 자신이 만들고 있는 트레일의 충남 구간을 보수하러 온 하이커라고 그들을 소개했다. 또 미국 서부 '4300킬로미터'를 종단한 하이커라고 했다.

4300킬로미터?

순간 숫자를 잘못 들었나 생각했다. 서울과 부산 왕복 다섯 번 거리를 사람이 걸었다고? 그 압도적인 거리에 망치로 머리를 맞은 느낌이었다. 그들은 피시티를 완주한 김광수, 김희남 씨였다.

그들은 새벽에 산에서 일어나 토르티야를 먹으며 하루 30~40킬로미터를 걸었다고 했다. 설산은 미치도록 추웠지만 아름다웠다며 에피소드를 풀어놓았다. 사실 어느 정도 강도인지 상상조차 안 갔다. 하지만 얼핏 파노라마처럼 뭔가 내 눈앞에 펼쳐졌다. 몸을 의자 뒤로 젖혀 수줍게 미소 지으며 말하는 그들의 모습이 마치 영화의 슬로비디오처럼 보였다.

자리를 파하고 집으로 걸어 돌아가는 길 10분. 세상이 달라 보였다. 매일 지나던 길이었지만 공기 냄새와 하늘색이 달라 보였다. 심장박동이 빨라졌다. 두 주먹을 불끈 쥐었다. 집에 빨리 돌아가 피시티가 뭔지 찾아봐야겠다고 생각하며 발걸음을 재촉했다. 가슴이 벅차왔다.

나는 배낭에 모든 짐을 넣고 산행을 하는 백패킹을 해본 적이 없다. 등산 스틱을 잡는 방법도 몰랐다. 그러나 무엇보다 먼저 해야 할 일은 부모님의 허락을 받는 것이었다. 나른한 토요일 오후, 소파에 앉아 텔레비전을 보시던 부모님 앞에 앉았다.

"어머니, 아버지, 저 4300킬로미터 미국 서부 종주 트레일인 피시티에 도전하고 싶습니다. 경험 한번 제대로 해보고 싶어요."

"사천 삼백? 음… 그래, 하고 싶으면 뭐든 해봐."

부모님은 흔쾌히 허락하셨다. 아버지는 산을 좋아했고 아들이 뭔가 해보겠다는 것만으로도 기특해하시는 것 같았다. 나는 아르바이트를 해서 모은 돈 300만 원에다 부모님께 400만 원을 지원받았다. 대학은 2학년까지 다니고 휴학했다. 그리고 피시티 종주자들의 블로그를 보며 정보를 모았다. 실제로 걷는다는 상상을 하

출발 전날 장비 점검을 위해 바닥에 비닐을 깔고 장비를 늘어놓았다. 나는 백패킹
경험이 없어 꼼꼼하게 사전 준비를 했다.

며 시뮬레이션했다. 어느새 집 거실에는 텐트와 침낭, 등산화, 휴대용 정수기, 삽 등 장비가 쌓여갔다. 하루의 마무리는 피시티 열풍을 일으킨 영화 〈와일드〉를 보며 맥주를 마시는 것이었다.

출국 날인 2017년 4월 5일 새벽 5시. 주위는 어둡고 조용했다. 배낭에 장비를 구겨담는 바스락거리는 소리가 집안 정적을 깨웠다. 일찍 일어나신 어머니는 괜스레 내 장비를 만졌다. 나는 20킬로그램에 육박하는 배낭을 어깨에 들쳐메고 현관문에 섰다. 그제야 어머니는 눈물을 떨어뜨렸다.

"아들, 이거 꼭 가야 하니?"

"금방 하고 돌아올게요. 전화만 받으세요!"

첫날부터 응급실이라니

미국 캘리포니아 남부 샌디에이고는 낮 기온이 20도 정도로 쾌청했다. 롤러코스터를 탄 것처럼 두려움과 설렘이 교차했다. 트레일 엔젤, 스카우트와 프로도의 집으로 갔다. 그들은 나를 맞이하기 위해 샌디에이고 공항에 마중나와 있었다. 미리 이메일로 연락해둔 덕분이었다.

집 안은 장관이었다. 하이커들이 풀어놓은 배낭과 장비가 사방에 널브러져 있었다. 다들 장비를 점검하느라 분주했다. 이들이 나와 같은 길을 가려는 하이커구나, 왠지 모를 동료애가 생겼다. 인터넷 번역기를 이용해 말도 붙이고 보디랭귀지를 써가며 친해지려고 노력했다.

해가 지자 스카우트와 프로도가 저녁식사를 준비했다. 나도 옆에서 칼을 들고 아스파라거스를 다듬었다. 그런데 그때 칼이 왼쪽 네 번째 손가락 끝을 스쳤다. 섬뜩한 느낌. 피가 주르르 부엌 바닥에 흘러내렸다. 당황스러웠다. 전체 분위기를 망치는 것 아닌가 하는 생각에 재빨리 화장실로 들어갔다. 피가 멈추지 않았다. 말도 안 통하고 당황스러워 미칠 것 같았다. 프로도가 바닥에 떨어진 피를 발견하고 나를 따라와 손가락 상태를 물었다. 결국 그날 바로 응급치료 시설에 가서 120달러를 내고 상처를 봉합했다.

세상에 혼자 있는 기분으로 걷고 또 걸었다

그때부터 자신감이 확 떨어졌다. 숙소에 돌아오니 다른 하이커들은 서로 웃으며 놀고 있었다. 왼손에 붕대를 감고 있는 내 자신이 왠지 낙오자 같이 느껴졌다. 혼자 방구석에 가서 한국 친구들에게 연락하며 속상한 마음을 달랬다. 밤이 되자 손가락 통증은 더 심해졌다. 부모님께는 차마 말할 수 없었다.

4월 7일 오전 6시, 피시티 시작점인 캠포로 향했다. 콘크리트

케네디 메도우즈 입성! 이곳에 도착했다는 것은 나름 피시티에 적응했다는 의미다.
하이커들은 이미 900킬로미터 이상 걸어 자연인(?)의 모습으로 돌아가 있었다.

건물이 즐비한 도시에서 황색 사막으로 풍경이 변해가고 있었다. 해가 떠올랐다. 출발점인 캠포 모뉴먼트에 도착했다. 차에서 내리자 세계 각지에서 온 하이커들이 인증샷을 찍고 길을 걷기 시작했다. 다 같이 모여 파이팅도 하고 노래도 부르며 함께 길을 걸었다. 동양인은 나 혼자. 말없이 걸어야 했다.

출발 후 사흘이 지나자 발바닥 전체에 물집이 잡혔다. 양손에 잡은 스틱을 목발처럼 짚으며 한 발 한 발 신음하며 걸었다. 하루 30킬로미터 걷는 것은 포기하고 겨우 20킬로미터를 걸었다.

온종일 절룩거리며 걸었다. 대화하고 밥 먹을 친구조차 없었다. 찢어질 듯 아픈 발바닥과 먼지투성이 새카만 발만 보였다. 순간 눈물이 주룩주룩 발등에 떨어졌다. 여긴 어딘가. 나는 왜 여기 있는가. 답답함에 화가 치밀어올랐다. 온갖 욕을 하늘에 해댔다. 육체적인 고통보다 외로움이 더 힘들었다. 휴대전화에 남아 있는 열 장 남짓한 고향 사진을 보며 외로움을 달랬다. 혼자말을 했다. 할 수 있다. 이겨낼 수 있다. 오로지 가야 할 곳만 바라보았다.

하이킹을 시작한 지 한 달쯤 지나자 발바닥 전체에 잡힌 물집이 사라지고 그 안에 새살이 났다. 한 달 동안 혼자 900킬로미터를 걸었다. 몸이 적응하니 마음도 편해졌다. 외로움도 적응됐다. 혼자 앉아 밥을 먹고 사색하며 일기를 썼다. 나무와 대화하고 도마뱀과 인사했다. 푸념이 사라졌다. 혼자 있기 달인이 돼갔다. 어지간한 사건에는 감정이 동요하지 않았다.

1000킬로미터를 걸었을 때쯤 체중이 15킬로그램 이상 빠졌다. 그만큼 자신감은 커졌다. 캘리포니아 중부 시에라네바다산맥 입구인 케네디 메도우즈(운행 49일째, 운행거리 1123킬로미터)에 입성했다. 사막 구간이 끝나고 산악 구간이 시작하는 지점이다. 고도가 평균 3000-4000미터였다. 그런데 불길한 소식이 들려왔다. 백년 만의 폭설로 인해 시에라 구간이 전부 눈으로 뒤덮였다는 것이다. 앞서 출발한 하이커의 실종 소식도 들렸다. 나는 설산 경험이 전혀 없었다. 대화도 잘 안 됐다. 휴대전화 지피에스도 고장 난 상태였다.

결국 나는 트레일 경로를 우회하기로 했다. 케네디 메도우즈 옆 도로를 따라 걷다가 2000미터 산악지대에 들어가 이틀을 걷고, 다시 하이웨이 395번 론파인 지점까지 내처 걸었다. 시에라산맥을 바라보며 걸었다. 날씨가 좋아지면 반드시 등반하리라 다짐하며.

잠을 잘 수 있다면 말똥밭이라도

마을을 지날 때는 노숙을 많이 했다. 캘리포니아 중부의 빅 파인(운행 53일째, 운행거리 1325킬로미터)이라는 마을에서다. 노숙을 하기 위해 편의점에서 콜라 한 캔을 마시며 해가 지기를 기다렸다.

세상에 혼자 있는 기분. 발에 물집이 잡히면서 하루 운행거리가 25킬로미터 정도로 줄었다.

자연에서 보내는 시간이 길어지자 도로에 눕는 일도 자연스러워졌다.
아스팔트에 누워 멋진 하늘을 바라보곤 했다.

땅거미가 질 때쯤 공원 화장실 뒤에 텐트 없이 침낭만 폈다. 열아홉 살 미국 남자 하이커도 곁에 와 누웠다.

깊은 잠이 들었고, 해가 뜰 무렵 후드득 하고 주변에서 뭔가 움직이는 것 같더니 침낭에 물벼락이 떨어졌다. 비가 내린다는 예보는 없었다. 나는 허둥지둥 침낭에서 일어났다. 마른 하늘의 물세례는 비가 아닌 잔디밭 스프링클러가 내뿜는 물이었다. 피할 새 없이 나도, 장비도, 물에 빠진 생쥐 꼴이 됐다. 미국 남자아이와 서로 바라보며 한참 웃었다.

비숍이라는 마을에는 새벽에 도착해 화장실 변기 칸에 들어가 매트만 펴고 누웠다. 지붕이 있는 곳이라면 어디든 좋았다. 그런데 문밖에서 누군가 노크하더니 손전등으로 안을 확 비췄다. 겁이 났다.

"여기서 왜 잠을 자? 감옥이라도 가고 싶은 거야?"

"아… 잠시 쉬고 있었습니다. 바로 나가겠습니다."

순찰 중인 경찰이었다. 결국 배회하다 시골 병원 뒤편 잔디밭에서 잠을 청했다. 꿀잠을 자고 다음날 일찍 일어났다. 사람 기척이라고는 하나도 없었다. 뭔가 께름칙했다. 주변을 둘러보니 온통 말똥이었다. 이미 내 몸에도 고약한 냄새가 뱄다. 멀지 않은 곳에서 말들이 풀을 뜯고 있었다.

험준하면서 아름답고, 고즈넉하면서도 웅장한

6월 26일 오전 9시, 미국 최고봉인 휘트니산에 올랐다. 산은 온통 눈이었다. 경사는 75도쯤 되는 것 같았다. 앞사람 뒤통수를 보고 걷는 것이 아니라 발꿈치를 보고 걸어야 했다. 뒤를 돌아보면 배낭 무게 때문에 뒤로 넘어갈 것 같았다. 한 발씩 눈을 강하게 차며 계단을 만들면서 올라갔다.

드디어 정상. 48시간 만에 산 꼭대기에 올랐다. 눈물이 왈칵 쏟아졌다. 끝없는 산맥이 펼쳐졌고 저 멀리 지평선이 보였다. 하늘은 거짓말같이 순도 100퍼센트의 새파란 색이었다. 카메라를 내게로 돌려 영상을 찍었다. 신이 된 것 같았다. 눈을 끓여 90센트짜리 미국 라면을 끓여 먹었다. 나에게 주는 상이자 하나의 의식 같은 것이었다. 단언컨대 세상에서 가장 맛있는 음식이었다.

오리건주 초입 애슐랜드(운행 116일째, 운행거리 2763킬로미터)를 지날 때였다. 먼저 도착한 하이커들이 근처에 산불이 나서 트레일이 닫혔다고 일러주었다. 나는 무시하고 계속 걸어 크레이터 레이크 국립공원(운행 121일째, 운행거리 2934킬로미터)에 도착했다. 그곳에도 탄내가 났지만 견딜 만했다. 공원 휴게소에서 캠핑을 했다. 그런데 다음날 사위가 누렇게 보였다. 순식간에 재와 연기로 주변이 꽉 막혔다. 모래폭풍에 갇힌 느낌이었다. 국립공원 직원들이 나와 대피하라는 공고문을 여기저기 붙이고 있었다.

휘트니산 정상을 향하는 길. 마치 하늘로 올라가는 듯한 느낌이었다.

결국 히치하이크를 해 우회로인 오리건 코스트 트레일(이하 OCT)로 갔다. OCT는 800킬로미터 길이의 해변 트레일로 피시티 오리건 구간과 길이가 같았다. 오시티는 바다의 사막이었다. 끝도 없는 모래사장이 발걸음을 부여잡았다. 강한 소금바람은 무거운 장비를 멘 하이커들을 계속 방해했다. 파도소리는 주변 모든 소리를 삼켰다. 밤이 돼서야 동행한 하이커들과 모닥불 앞에 앉아 대화를 나눌 수 있었다. OCT를 3주간 걷고 마지막 구간인 워싱턴주에 입성했다.

워싱턴주는 힘들었지만 가장 아름다운 구간이었다. 매일 고도 1000미터를 오르고 내렸다. 산세가 가팔랐고 불규칙적이었다. 하지만 뒤돌아보면 숨이 멎을 듯한 절경이 펼쳐져 있었다. 고즈넉하면서 웅장한 기운이 바람을 타고 온몸을 휘감았다.

길은 한 사람이 겨우 지나갈 수 있는 정도로 좁았다. 하루는 마부와 마주쳤다. 길을 양보하기 위해 비탈길로 몸을 기울였다. 그러다 마지막 말에 내 가방이 걸렸다. 몸이 말에 끌려갔다. 바로 옆은 낭떠러지였다. 순간 죽었구나 생각했다. 다행히 말도 놀라 날뛰기 시작했고, 배낭 끝부분이 찢어지면서 풀려났다. 아찔한 순간이었다.

지독하게 힘들었던, 내 인생에서 가장 행복했던 순간

캐나다 국경이 다가오자 마음이 오히려 침울해졌다. 10킬로미터를 남겨둔 마지막 밤. 그날은 평소와 다르게 더욱 차분하고 덤덤했다. 굵직한 한숨이 가슴에서 뿜어져나왔다. 목적지 2킬로미터 앞. 캐나다 국경지대가 멀리서 얼핏 보였다. 지난 6개월 동안 이날만 상상했다. 그런데 발걸음이 무거웠다.

저 멀리 나무 틈 사이로 제법 많은 사람이 보였다. 드디어 도착. 먼저 도착한 하이커 20여 명이 축하한다며 소리를 지르고 손뼉을 쳤다. 난 캐나다 국경 기념비 모뉴먼트78을 손으로 만지고 입술을 가져다댔다. 내가 이걸 보려고 생고생을 했나. 공허함도 몰려왔다.

피시티는 지독하게 힘들었다. 하지만 6개월 동안 모인 발자국들이 4300킬로미터라는 거리를 만들었다. 완주 뒤 나는 변했다. 노을을 즐길 줄 알게 되었고 나뭇가지 사이로 파고드는 햇살의 아름다움을 깨달았다. 생이 끝날 때 언제가 제일 행복했냐고 누군가 내게 묻는다면 아마도 이렇게 답하리라.

"지독하게 힘들었던 그때 그 순간!"

오리건 코스트 트레일. 모래바람과 끈적한 염분이 끝없이 나를 괴롭혔지만 그것을 잊게 해주는 아름다운 자연이 있었다.

시에라 구간에서의 흔한 아침식사 풍경. 하이 시에라 구간은 대자연의 경이로움과 야생동물의 위협이 공존한다.

밤하늘 별을 안주 삼아
소주를 들이켜다

●

장진석

투두두두둑.

텐트에 떨어지는 빗소리가 새벽잠을 깨운다. 텐트 안은 냉기가 가득하다. 코끝은 땡땡 얼어 감각마저 없다. 비가 오지 않기를 바랐건만 야속하게도 비는 계속 내린다. 크게 내쉰 한숨은 입김이 되어 눈앞에 흩날린다. 억지로 몸을 일으켜 출발 채비를 한다.

일주일 동안 씻지도 못했다. 땀이 비에 절어 몸에서 개비린내가 난다. 젖은 양말을 신는 일은 도무지 익숙해지지 않는다. 그래도 가야 한다. 지체하면 비는 곧 눈이 된다. 2018년 9월 중순, 어느덧 이 길에 오른 지 5개월쯤 된 날이다. 이미 수천 킬로미터를 걸었다. 목적지인 캐나다까지 200킬로미터가 남았다.

4300킬로미터를 걷게 될 줄은 꿈에도 몰랐다. '도전'이라며 각 잡고 으스대며 여행하고 싶지 않았다. 굳이 극한으로 자신을 내몰지 않아도 삶은 고통이지 않은가. 난 그저 재미를 위해 일주일이든 한 달이든 행복할 수 있는 범위에서 '소풍'처럼 걸어보려고 했다.

일단 걸을 수 있을 만큼 걷자

피시티를 걷기로 결정했던 날을 생생히 기억한다. 당시 나는 3년 넘게 일과 여행을 병행하며 수십 개 나라를 유랑하고 있었다. 그날은 태국에 체류하며 남미로 가기 위한 일정을 짜고 있었다. 그런데 한편으론 긴 여행에 지쳐 있기도 했다. 일종의 매너리즘이었다. 그때 문득 피시티 일부 구간인 존 뮤어 트레일을 걷기 위해 받아놓은 피시티 허가증이 내게 있다는 사실이 떠올랐다. 끝도 없는 사막과 수십 개 설산을 넘어야 하는 길. 일찍이 '미친 짓'이라고 규정한 여행이었다.

하지만 그 길을 떠올릴 때마다 심장이 주체할 수 없을 만큼 뛰었다. 삶에서 중요한 결정을 내릴 때 이보다 중요한 척도가 또 있을까. 직관을 믿기로 했다. '피시티 여행을 해볼까' 하는 충동에서 미국행 항공 티켓 발권까지 걸린 시간은 단 일주일. 태국에서 피시티 출발점인 멕시코 국경 마을 캠포에 서기까지 고작 한 달 반밖에 걸리지 않았다.

정작 결정을 내리고 나니 비자가 문제였다. 피시티 4300킬로미터를 걷기 위해서는 평균 5-6개월을 미국에 체류해야 한다. 장기 여행비자를 받기 위해 미국 영사관에서 까다로운 심사와 인터뷰를 거쳐야 한다. 고정 수입도 직업도 없는 내게는 높은 문턱이었다. 또 미국과 사이가 좋지 않은 중동 국가에 체류한 기록이 문제가 될 것 같았다. 잘못한 것도 없는데 죄인처럼 비자 심사관 앞에서 면접을 보는 것도 싫었다. 일단 3개월 이내로 걸을 수 있는 만큼 걷기로 했다. 그 기간이 일주일이 될지는 나조차 알 수 없었다.

더없이 단순한 길 위의 삶

가벼운 마음만큼 길도 순탄했다면 얼마나 좋았을까. 길은 내 마음과 반비례했다. 피시티 초반은 사막 구간이다. 작열하는 태양은 모질게 뜨거웠고 20킬로그램이 넘는 가방은 어깨를 짓눌렀다. 식도까지 타는 듯한 갈증에 혀를 길게 뺀 개처럼 매일 물을 찾아 헤맸다. 음식을 먹어도 먹어도 허기가 가시지 않았다. 입안엔 모래가 서걱거렸다.

사막 구간 이후 캘리포니아 중부의 시에라 구간에서는 3000-

4000미터의 고산을 하루에 몇 번이나 넘어야 했다. 켜켜이 쌓인 눈과 살을 에는 듯한 추위, 끝없이 들러붙는 모기, 울렁거리는 고산병이 한시도 나를 가만두지 않았다. 매일 힘들다는 생각이 머릿속에 가득했다. 하지만 그만두고 싶지 않았다. 광활한 대자연과 변화무쌍한 생태계 속에서 나그네처럼 유랑하고 싶었다. 그저 곧 당도할 마을에서 마실 시원한 맥주를 생각했다. 하루는 마을에서 쉬며 옛 친구와 전화통화를 했다. 친구가 말했다.

"너 매번 힘들다고 칭얼대면서도 말끝마다 그래도 행복해라고 말하는 거 알아? 좋아 보여."

내가 행복했던 이유는 단순함이었다. 단순해지는 건 어려운 일이다. 누구나 그렇듯 지나온 삶에서 나는 자주 선택의 갈림길에 섰고, 그것에 대한 책임을 져야 했다. 하지만 길에서의 삶은 더없이 간단했다. 걸을 것인가, 멈출 것인가. 과거에 대한 후회와 미래에 대한 걱정이 머릿속에 머물 틈이 없었다.

60대 하이커의 하얀 거짓말

피시티 하이커들은 대부분 적은 예산으로 여정을 이어나간다. 국적과 나이를 불문하고 수입 없이 6개월을 여행한다는 건 경제적으로 쉬운 일이 아니다. 나는 가난뱅이 하이커 중에서도 유독

더 가난했다. 이미 3년 넘도록 여행을 하고 있었고 피시티 이후에도 다른 여행을 계획하고 있었기 때문이다.

허리띠를 더 졸라맸다. 다른 하이커들이 이따금 마을에 들어가 모텔에서 잠을 청할 때 나는 캠핑장에 갔다. 다른 하이커들이 식당에 가서 만찬을 즐길 때 난 1달러짜리 햄버거 서너 개로 주린 배를 채웠다.

미국인 하이커 제로드와의 일이다. 60대 초반쯤 된 제로드는 군 복무 시절 한국에서 근무한 적이 있다고 했다. 어느 날 캘리포니아주 액톤(운행 24일째, 운행거리 711킬로미터)의 유료 캠핑장에서 그와 함께 묵었다. 여느 때와 같이 나는 인스턴트 파스타에 땅콩을 먹으려 하고 있었는데 제로드가 나를 불렀다.

"헤이, 진. 내가 마을에 있는 식당에서 먹을 걸 좀 사왔는데 욕심을 부렸는지 너무 많이 사버렸네. 저녁 안 먹었으면 같이 좀 먹어줘. 남으면 버려야 되는데 아깝잖아. 하하."

그렇게 말하면서 펼친 음식은 중식당에서 사온 계란국과 청경채 볶음, 볶음밥, 탕수육 등이었다. 누가 봐도 2인분 이상 사온 것이었다. 심지어 아시아 음식! 나를 생각하고 골라 사온 음식임이 분명했다. 비록 내 주머니는 가벼웠지만 그 자상한 마음씀에 가슴 가득 흐뭇함이 몰려왔다.

긴 사막을 지나 시에라 구간에 들어서 처음으로 만난 치킨스프링 레이크.
신이 나서 수영을 하겠다고 들어갔다가 얼음장 같은 찬물에 몸만 헹구고 빠져나왔다.

사막 끝에서 맛본 소주의 달큰함

운행 42일째. 기나긴 사막 끝 케네디 메도우즈(운행거리 1130킬로미터)에 도착했다. 이곳은 하이커들이 사막 구간에서의 고생을 격려하고 눈이 쌓인 하이 시에라 구간에 진입하기 전 고지대 설산 산행을 준비하는 장소다. 그래서 하이커들은 이곳 보급지로 사전에 물품을 택배로 보내놓는다. 물론 나도 택배 박스 하나를 배달해뒀다.

다만 내 상자에는 동계 산악장비가 아닌 한국 라면과 고추참치, 1리터짜리 소주가 들어 있었다! 나는 자타가 공인한 애주가다. 마을에 들어서면 바로 가게로 들어가 18캔짜리 맥주 한 박스부터 집어들고, 대낮부터 그걸 물처럼 부어라 마신다. 미국 친구들은 그런 나를 고주망태라는 뜻의 '와이노'wino라고 불렀다.

택배 상자에서 꺼낸 페트병 소주는 영롱한 빛을 내는 것 같았다. 하이커들과 칠흑 같은 사막 밤하늘 아래서 병째 입을 대고 돌려 마셨다. 한 사람씩 돌아갈 때마다 '크으' 하는 감탄사가 터져나왔다. 밤하늘 별을 안주 삼아 마시는 술은 지나온 갈증을 모두 날려보내기에 충분했다. 달큰하게 취해 바라본 셀 수 없이 많은 별들은 오직 이 순간 나를 위해 빛나고 있었다.

뜨거운 사막에서의 낭만. 반복되는 텐트생활은 고됐지만 별을 이불 삼아 잠을 청할 때면 오성급 호텔이 부럽지 않았다.

하이커의 발. 오롯이 생존에만 집중해야 하는 길에서 위생은 딴세상 얘기였다.

체류 연장을 위해 대서양을 건너다

그렇게 걷다보니 체류기간 90일이 끝나가고 있었다. 이스타 비자로 들어온 내가 미국에 더 머물 방법은 한 가지였다. 북미 지역을 제외한 제3국으로 나갔다가 재입국해 다시 이스타 비자로 90일 간 체류하는 것이었다. 원칙적으로는 가능하지만 해외 체류기간이 너무 짧으면 입국심사관의 의심을 사 입국이 거절될 수도 있다. 그런데도 계속 피시티를 걷고 싶은 마음이 간절했다.

유럽 아이슬란드로 향했다. 재입국이 가능할지 불분명한 상태에서 대서양 건너 다른 대륙을 찍고 오는 모험을 감행했다. 아이슬란드에는 보름 정도 있었다. 그곳에서도 하이킹 감각을 잊지 않기 위해 계속 걸어다니며 여행했다.

재입국을 하던 8월 1일. 로스앤젤레스 국제공항에서 입국심사를 받다가 세컨더리룸에 끌려갔다. 직원들은 노숙자에 가까운 내 몰골을 보고는 체류 이력에 대해 꼼꼼히 캐물었다. 가방을 탈탈 털며 취조하듯 질문을 퍼부었다. 하지만 가방에서 나오는 거라곤 꼬질꼬질한 옷과 냄새나는 침낭, 등산장비뿐이었다. 체류 목적도 너무나 뚜렷했다. 그렇게 다시 길 위로 복귀했다.

누구보다 천천히 걸었다

피시티 후반부인 오리건주 구간은 평탄한 지형이라 빠르게 더 많이 걸을 수 있었다. 그래서 하이커들은 이 구간을 '오리건 하이웨이'라고 부른다. 많은 하이커들이 2주 안에 오리건 구간 732킬로미터를 끝마치는 '2주 챌린지'를 시도하거나, 자신의 하루 최장 운행거리를 경신하기 위해 잠도 자지 않고 걷는다.

하지만 나는 누구보다 '천천히' 걷기로 했다. 마음만 먹으면 다른 이들보다 더 많이 걸을 수 있었지만 그렇게 하고 싶지 않았다. 오리건의 고요한 숲길과 수많은 호수를 놓칠 수 없었다. 발걸음을 멈추고 풀벌레와 새소리, 바람에 흔들리는 나뭇가지 소리에 귀를 기울였다. 늑대 울음소리를 흉내 내며 자연과 하나가 됐다.

오리건 화산호수인 크레이터 레이크와 같이 크고 웅장한 호수도 멋졌지만, 나는 인적 드문 이름 모를 작은 호수가 더 매력적이었다. 그 호수를 바라보며 사색에 잠겼다. 호수는 사람들에게 호명받지 않았어도 스스로 존재의 이유와 아름다움을 간직하고 있었다.

'도시의 룰'이 통하지 않는 곳

모든 순간이 심장에 압정으로 눌러놓은 것처럼 생생히 가슴 속에 남아 있지만 단 하나의 순간을 꼽는다면 피시티 마지막 구간인 워싱턴주에서의 경험이다.

당시 나는 수천 킬로미터를 걸은 상황이었다. 반복되는 오르막길과 내리막길을 거쳐, 화재로 인해 여러 길을 우회했다. 9월 들어서는 산 공기가 다시 차가워졌고 비도 잦았다. 10월 전에 캐나다에 닿지 못하면 폭설에 갇힐 수 있었다.

그러던 중 워싱턴주 보급지인 스노퀄미 패스(운행 142일째, 운행 거리 3847킬로미터)에서 40대 한인 교민 부부를 만났다. 작은 상점을 운영하는 그들은 비에 젖은 생쥐 꼴인 내게 따뜻한 커피와 햄버거, 소시지 등 먹을 것을 잔뜩 내주었다. 대단하다며 나를 응원해주었다. 앞서 걷고 있는 다른 한국인 하이커와 나눠 먹으라며 김치와 깻잎, 고추장아찌 등 한국 음식을 바리바리 챙겨주었다. 고향의 맛! 싸구려 파스타에 지쳐 있던 내게 짜고 매운 한식은 어떤 에너지음료보다 강력한 힘을 주었다. 피시티 최고의 순간이었다.

나는 세상에 무조건적인 호의는 없다고 생각하며 살았다. 대가를 지불하고 그에 비례해 돌려받으며 살아야 한다고 생각했다. 혹시나 이 명징한 룰이 깨질 때는 의심해야 한다고 배웠다. 그러나

오리건주 구간에선 다른 이들보다 일찍 하루를 마치고 사색을 즐겼다. 나를 돌아볼
수 있는 값진 시간이었다.

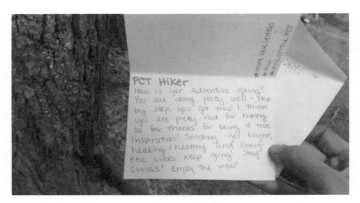

트레일 매직은 다양한 방식으로 존재했다. 누군가 나무 밑에 하이커를 독려하기 위해 편지를 남겼다. 소소하지만 큰 힘이 됐다.

피시티에서 그 가치관이 송두리째 바뀌었다.

근육경련이 일어났던 캘리포니아주 모레나 레이크에서는 트레일 엔젤들이 맥주와 햄버거를 나눠주었고, 급수 사정이 좋지 못한 사막 한가운데서는 트레일 엔젤들이 가져다준 물과 소다수로 목을 적셨다. 또 길에서 무료로 차를 태워준 할아버지는 내 손에 20달러를 쥐여주었다. 집과 자동차 열쇠까지 내준 캘리포니아 테하차피의 아주머니, 식당에서 밥값을 대신 계산하고 사라진 이름 모를 사람들까지. 그곳에는 무조건적인 호의와 베풂이 있었다.

아무렇지 않게 누리던 것의 소중함도 깨달았다. 포근한 침대와 이불보, 보송보송한 옷과 깨끗한 물, 휴대전화 신호와 인터넷, 시원한 맥주와 김치의 맛. 누군가에게는 '고작'이라고 할 수 있는 것들에 나는 감동했다. 작은 것에 감사할 줄 아는 사람이 되어갔다.

2018년 9월 26일. 길에 오른 지 154일 만에 캐나다 국경에 닿았다. 앙상하게 마른 몸, 그을린 피부, 엉망이 된 발로 그곳에 당당히 섰다. 나는 이 길에 오른 첫날부터 행복하지 않다면 언제든 걸음을 멈출 생각이었다. 하지만 길은 나를 종착지로 인도했다.

도전이 아니었기에 실패나 성공이란 단어도 성립하지 않았다. 그런 건 아무래도 상관없었다. 언제든 곱씹으며 미소 지을 수 있는 청춘의 한 페이지가 채워졌으니 그것으로 충분했다. 가방 속 깊숙이 챙겨온 위스키의 맛이 더없이 달콤한 날이었다.

광활한 대자연은 미국이 정말 넓은 땅이라는 것을 실감하게 했다.

그래, 나는 피시티다!

정기건

　학생군사교육단ROTC을 통해 군 장교가 되기 위해 4년제 대학교 체육교육과에 입학했다. 대학 캠퍼스의 낭만을 느끼며 무엇이든 경험해보고 싶었다. 하지만 맞닥뜨린 건 체육교육과에 팽배한 상명하복 문화였다. 입학 하루 전, 학교와의 첫 만남은 체대 단체 기합이었다. 농구하다 왼쪽 발목을 다쳐 깁스를 한 나는 목발을 짚고 기합받는 장소로 가야 했다. 딱딱한 규율과 터무니없는 명령들. 그곳은 내가 꿈꾸던 곳이 아니었다.

　자연을 좋아해 대학 산악부에 들었다. 그런데 술 취한 선배가 욕을 해댔다. 체대생은 외부 동아리에 못 들어간다며 내가 규율을 어겼다는 것이었다. 경멸감이 생겼다. 결국 1학년 1학기를 마치

기도 전에 휴학했다. 다른 대학 식물학과에 진학하기 위해 재수를 했다. 하지만 그것마저 실패. 왜 나는 되는 것이 없나 자책했다.

그러고는 입대를 했다. 2년 뒤 복학한 대학. 하지만 캠퍼스는 여전히 따분했다. 목적 없이 수업을 들어야 했다. '왜 살까?'라는 생각이 머릿속을 맴돌았다. 나는 누군가, 무엇을 좋아하는가. 나는 왜 이 강의실에 있나. 해답 없는 질문이 꼬리를 물었다.

그러던 중 페이스북 친구를 통해 4300킬로미터 미국 서부를 종주하는 퍼시픽 크레스트 트레일을 알게 됐다. 그 친구는 피시티를 종주하며 찍었던 사진을 페이스북에 자주 올렸다. 광활한 자연과 그 속에서 고생하는 모습이 고스란히 담겨 있었다.

'저 뜨거운 사막을 어떻게 걷지?' '수염 난 것 봐, 씻지도 못하네.' '엄청 힘들겠다.' '진짜 개고생이다.' 사진만 보며 막연한 생각을 했다. 그러다 피시티를 다룬 영화 〈와일드〉를 봤다. 도전과 실패, 자연과의 사투. 장면 하나 하나가 나를 흥분시켰다. 그때 결심했다. 그래, 나는 피시티다!

공장과 건설 현장에서 마련한 여행경비

여행경비를 벌어야 했다. 2015년 피시티 종주자 양희종이 쓴 책 《4300km》에는 피시티 비용이 8000-9000달러라고 적혀 있었다. 1천만 원을 모으기로 작정하고 2016년 8월 대학에 휴학계를 냈다. 그리고 청주에 있는 화장품 공장에서 오전 8시부터 밤 10시까지 일했다. 레일을 타고 들어오는 상자를 지게차 운반용 팔레트에 쌓는 일이었다. 3주 뒤에는 인력소에서 소개받은 숙식 제공에 일당 11만 원을 주는 충북 진천군의 아파트 건설 현장으로 향했다. 콘크리트를 타설하기 전에 배관을 설치하는 일이었다.

6개월 동안 800만 원을 모았다. 비행기를 예약하고 피시티 허가증과 B1/B2 비자를 받아 2017년 3월 25일 미국으로 출국했다.

로스앤젤레스 국제공항에 도착하자마자 현지 한국인의 도움으로 피시티 출발지인 멕시코 국경마을 캠포로 곧장 이동할 수 있었다. 도움을 준 사람은 삼촌뻘인 초등학교 동문의 사촌이었다. 사실상 남이나 마찬가지였다. 하지만 여섯 시간이나 차를 태워 멕시코 국경지대까지 배웅해주었다. 정말 감사했다.

목적지에 도착한 시간은 오후 5시. 한인분께 한 달 치 식량을 담아놓은 박스를 한 달 뒤 도착할 장소로 보내달라고 부탁하고 걸음을 나섰다. 그래, 이제 시작이다. 뭔가 시작한다는 것이 그때 피부로 와 닿았다. 언제 목적지에 도착할 수 있을까. 손에 잡히지 않은 시간이었다.

미국 산은 예상과 전혀 달랐다

바로 운행을 시작했다. 나는 대학에서 산악부 활동을 하며 제법 산행 경험이 있었다. 설악산 2주 동·하계훈련, 히말라야 파키스탄 트레킹 250킬로미터, 일본 동계 북알프스 2주 원정 등을 했다. 하지만 피시티는 이제까지 경험한 산행과 전혀 달랐다. 한국 산이 오밀조밀해 아름다운 풍경이 뭉쳐 있는 느낌이라면, 미국의 자연은 넓은 사막과 덤불로 이어진 들판, 그리고 3000미터에 이르는 고봉 등 웅장했다.

하루에 30킬로미터씩 매일 걷는 것도 처음이었다. 새끼발가락, 엄지발가락, 발바닥, 뒤꿈치까지 물집이 골고루 잡혔다. 기온은 낮에는 뜨겁다가 밤에는 뚝 떨어졌다. 특히 배낭이 너무 무거웠다. 배낭에는 담배 한 보루와 헤드 랜턴에 쓰는 다량의 건전지, 응급치료 키트, 3.5킬로그램짜리 2인용 텐트 등이 들어 있어 무게가 25킬로그램 정도 나갔다.

또 내 배낭에는 '중학 영어단어' 책이 있었다. 나에게 하이킹의 또 다른 어려움은 영어 회화였다. 우체국에 가서 택배를 보낼 때에도 영어가 안 돼 프린트한 종이를 손가락으로 가리키며 "아이 원 투 센드 히얼"I want to send here라고 어설프게 말했다. 식당에서도 다른 사람들처럼 속이 가득 찬 햄버거를 먹고 싶었지만 내게 돌아온 것은 고기 패티 한 장에 야채 몇 조각 든 것이었다. 무슨 재료를 올려 먹을 건지 설명해야 하는데 말이 안 되니 기본 재료만 올라간 것이다. 외국인 하이커들과 왁자지껄 대화도 하고 싶었지만 그림의 떡이었다.

나의 트레일 네임은 파이어볼

피시티에서는 하이커들끼리 트레일 네임을 만들어서 부른다. 캘리포니아 남부 모레나 레이크(운행 2일째, 운행거리 32킬로미터)에 도착해 상점에서 파이어볼이라는 위스키를 샀다. 시나몬 맛이 나는 독특한 위스키였다.

그날 외국인 하이커들에게 위스키를 나눠주며 인사했다. 그때 한 미국인 하이커가 나를 '파이어볼'이라고 불렀다. 그날로 내 이름은 파이어볼이 됐다. 왠지 손에서 장풍이라도 나가는 만화 주인공이 된 것 같았다. 입에 착착 붙는 것이 마음에 들었다.

나는 술을 좋아해 1리터 페트병에 위스키를 담아 가지고 다녔다. 술이 부족한 날이면 캠핑용 컵에 남은 술을 부은 뒤 숟가락으로 떠 마셨다. 그러면 빨리 취할 수 있었다. 어떤 날은 위스키를 많이 마신 탓에 갈증이 나 배낭에 있던 물을 모두 마셔버렸다. 아침이 돼서야 사태를 확인했지만 때늦은 후회였다.

그날 나는 물 없이 뜨거운 태양 아래 16킬로미터를 걸었다. 작열하는 태양은 나를 미라처럼 바싹 마르게 했다. 머리가 어지러워 쓰러질 것 같았다. 갈증의 끝을 봤다.

캘리포니아 남부 구간의 끝 테하차피(운행 37일째, 운행거리 911킬로미터) 마을에 도착했다. 마을 상점에서 소고기와 수박, 초코우유를 잔뜩 샀다. 잘 곳을 찾다 건설 현장 구덩이를 발견했다. 주변에 흙도 쌓아 올려져 사람들 눈을 피하기 좋아 보였다.

페트병에 담긴 위스키를 꺼내 마셨다. 순간 외로움이 몰려왔다. 내 자신이 처량했다. 머리는 떡지고 발냄새는 올라오고 손톱에는 때가 잔뜩 끼었다. 온몸에서 쉰내가 풀풀 났다. 가족과 친구가 그리웠다.

페북 친구가 보내온 선물상자

사막 구간이 끝나고 캘리포니아 중부 산악 구간이 시작되는 케네디 메도우즈(운행 48일째, 운행거리 1129킬로미터)에 도착했다. 그런데 하이커들이 이후 구간에 폭설이 내려 지나가기가 힘들 거라고 말했다. 어떤 하이커들은 서부 북쪽 오리건주로 차를 타고 가서 워싱턴주까지 걸어간 다음, 8월쯤 눈이 녹으면 다시 내려오겠다고 했다. 어떤 하이커는 그냥 집에 돌아가겠다고 했다.

정작 나는 설산을 등반할 장비가 없어 발을 동동 굴렀다. 가까

폭설은 모든 길을 덮어버렸다.

운 마을에 가도 장비를 살 수 없었다. 그러다 페이스북 친구가 생각났다. 캘리포니아 남부에 사는 한인 사업가였다. 그는 어느 날 내 페이스북에 들어와 도움이 필요하면 연락하라는 댓글을 남긴 적이 있었다. 조심스레 페이스북 메시지로 도움을 요청했다. 그는 흔쾌히 도움을 줬다.

3일 만에 내가 있는 곳으로 설산용 도끼 아이스엑스, 신발 바닥에 부착하는 아이젠, 방수용 스키바지, 고어텍스 장갑, 그리고 짬뽕라면이 왔다. 일면식도 없는 나에게 아무 대가 없이 도움을 준 것이다. '동문 선배의 사촌'에 이은 따듯한 인연이었다.

폭설로 사라진 길, 젖은 신발을 신고 걷다

폭설로 모든 길이 지워졌다. 하늘이 원망스러웠다. 휴대전화 지피에스도 먹통이 돼 피시티 루트가 보이지 않았다. 수도 없이 길을 잃었다. 추위도 엄습했다. 설산에서 평평한 곳을 찾아 눈을 다진 뒤 그 위에 텐트를 쳤다. 여름용 침낭이라 추위에 덜덜 떨며 잠을 청했다. 물을 끓여 수통에 넣어 안고 잤다.

밤마다 젖은 등산화와 양말을 말리는 것이 고역이었다. 깔창과 양말을 말리기 위해 겨드랑이와 다리에 끼고 잤다. 아침이면 등산화가 꽝꽝 얼어 버너로 말렸다. 하루에 20킬로미터 이상 걷기가 힘들었다.

해발 4421미터인 휘트니산(운행 55일째, 운행거리 1234킬로미터) 을 오르고, 포레스터 패스(운행 57일째, 운행거리 1254킬로미터)도 넘 어 마을로 내려왔다. 시에라 모든 구간의 물품 보급지가 폭설로 문을 닫았다는 소식을 들었다. 더는 걸을 수 없었다.

395번 하이웨이(운행 59일째, 운행거리 1264킬로미터)를 걸어 북 쪽으로 가는 것으로 계획을 수정했다. 샤워를 하고 얼굴을 바라 보았다. 눈에 반사된 빛에 얼굴이 다 그을려 피부가 떨어져나가고 있었다. 청천벽력 같은 소식도 들었다. 강릉 원주대에 다니던 산 친구 성민이가 알프스를 오르던 중 빙하의 틈인 크레바스에 빠져 사망했다는 소식이었다.

피시티에 오기 전 설악산 하계훈련 때 만나, 나는 피시티로 그는 알프스로 간다며 서로 격려했는데, 불과 2주 전에 전화통화를 했 었는데… 그 친구가 산에서 죽다니. 억장이 무너졌다. 아무 생각이 나지 않았다. 혼자 모텔 변기에 앉아 하염없이 울었다. 기도했다.

뜻밖의 친절, 그리고 응원 메시지

캘리포니아 북부 구간에도 눈이 많았다. 자주 길을 잃었지만 예전만큼 불안하지는 않았다. 저기쯤 길이 있을 거라는 확신이 생겼다. 경험이 나를 단단하게 만들었다.

캘리포니아주 트러키(운행 90일째, 운행거리 1857킬로미터) 마을
에서는 하루 80달러의 모텔비가 아까워 마을 야산에 텐트를 쳤다.
그런데 해가 저물어갈 즈음, 커다란 짐승이 내 텐트 앞으로 어슬
렁어슬렁 다가왔다. 모기 망을 사이에 두고 눈이 딱 마주쳤다. 늑
대만 한 개였다. 개는 사납게 마구 짖어댔다. 목줄까지 풀려 있었
다. 머리가 하얘졌다. 일어서 도망갈 수도 없었다. 그 순간 주인이
달려와 개를 붙잡아갔다. 아찔한 순간이었다.

다음날 아침 개 주인의 아내가 텐트로 찾아왔다. 뜨거운 커피
와 계란프라이 세 개를 가지고 왔다. 집에 들어와 샤워도 하라고
하며 저녁식사에 초대까지 했다. 나는 생수병에 든 위스키를 들
고 가서 구운 옥수수와 닭고기, 소고기를 먹으며 피시티 이야기를
선물로 대신했다. 이웃 손님들까지 찾아와 십여 명이 이런저런 이
야기를 나눴다. 난 감사의 뜻으로 피시티 지도가 그려진 손수건을
놓고 왔다.

피시티 중간지점인 캘리포니아 북부 미드 포인트(운행 102일째,
운행거리 2129킬로미터)에 도착했을 때는 기쁨보다 막막함이 밀려
왔다. 지겨웠다. 깨끗이 샤워하고 보송보송한 침대에서 잠을 자고
싶었다. 3개월이나 걸었는데 또 3개월을 걸으려니 지긋지긋했다.

그럴 때마다 SNS로 보내오는 사람들의 응원이 큰 도움이 되었
다. 마을에 도착하면 페이스북에 지난 여정을 올렸다. 그럴 때마

방랑자를 위한 호의.

다 많은 사람들이 댓글을 달았다. 소식이 끊겼던 동창, 대학 친구, 산악부 선후배, 아버지 등등. 일면식 없는 사람들도 힘내라, 멋있다, 대단하다며 메시지를 남겼다. 그 힘이 나를 걷게 했다.

캘리포니아주 샤스타산(운행 112일째, 운행거리 2415킬로미터)에서는 독일계 집배원 아저씨를 만났다. 상점 앞 보도블록에 걸터앉아 처량하게 아이스크림을 먹고 있는데 아저씨가 피시티 하이커냐고 물었다. 그러고는 자기 집에서 자라고 했다. 약간 무서웠지만, 별일 있겠는가 싶어 응했다.

그의 집은 나무들이 울창한 조용한 산속에 있었다. 하와이 출신 아내는 한국 드라마와 한국어를 좋아한다며 나에게 '안녕하세요'라고 인사했다. 부부는 은은한 조명이 달려 있는 출가한 딸의 방으로 나를 안내했다. 그리고 쌀밥에 김치찌개를 끓여 대접해주었는데, 찌개라기보단 김치스튜 같았다. 걸쭉한 국물에 건더기가 가득했다. 한국 드라마를 시청하는 그들을 보며 문득 내가 한국인인 것이 자랑스러웠다.

'정글의 법칙' 부럽지 않은 사냥

오리건주에서는 한인 하이커 그룹을 만나 함께 걸었다. 이미 피시티를 걸었던 한 여성 한인 하이커는 피시티 책을 쓰기 위해

오리건 해안에 서식하는 던저니스 크랩을 잡아 끓여먹었다.

다시 왔다고 했다. 화산호수로 유명한 크레이터 레이크(운행 133일째, 운행거리 2930킬로미터) 인근에서 큰 산불이 나 우리는 히치하이크를 해서 오리건 해안을 걷는 오리건 코스트 트레일로 이동했다.

제주 올레길처럼 바다를 보며 파도소리를 들으며 해안을 걸었다. 하루는 인적이 드문 다리 밑 숲길에 텐트를 쳤는데, 해안에 죽은 게가 많이 눈에 띄었다. 그러던 중 모래사장에서 살아 있는 큰 게 한 마리를 발견했다. 한국 꽃게보다 배나 큰 지역 특산물 '던저니스 크랩'이었다. 나는 얼른 게를 낚아채 배낭에 줄로 묶었다. 그렇게 두 마리를 잡아 코펠에다 끓여 먹었다.

다음날 보니 바닷물과 민물이 만나는 지점에서 현지인들이 게를 잡고 있었다. 나도 팬티만 입고 물에 들어가 게를 잡았다. 발바닥에 조개껍데기 같은 느낌이 나면 발로 파서 잡는 식이었다. 그렇게 잡은 게가 열한 마리. 줄로 줄줄이 묶었다.

버려진 양동이를 주워 게를 끓였다. 살도 탱탱하고 큼지막해 네 명이 배불리 먹을 수 있었다.

이 길에 온 목적을 생각하며

오리건주와 워싱턴주가 만나는 케스케이드 록스에서는 피시티 하이커들의 축제인 '피시티 데이즈'가 열렸다. 피시티 데이즈는 하이커들이 마지막 목적지를 앞두고 맛있는 음식을 먹으며 한 껏 쉬는 페스티벌이다. 그곳은 영화 〈와일드〉의 마지막 장면이 촬영된 곳이기도 하다. 주인공 셰릴 스트레이드는 워싱턴주의 시작점인 신들의다리에서 자신만의 피시티를 마쳤다.

마지막 구간인 워싱턴주를 걸으며 나는 이 길에 온 목적을 생각했다. 쉽게 결론을 내릴 수 없었다. 그저 길을 걷다가 미국과 캐나다의 국경인 모뉴먼트78(운행 182일째, 운행거리 4264킬로미터)에 도착했다. 무언가 감정적으로 격해질 줄 알았는데, 허무했다. 풍경도 그다지 멋지지 않았다. 이것이 내가 그토록 바라던 곳인가. 혼란스러웠다. 한국에 돌아와서도 한동안 무기력에 빠졌다.

피시티를 다녀오고 생긴 큰 변화는 나에 관한 관찰일기를 쓰는 것이다. 질문이 생기면 외부에서 찾지 않고 먼저 나 자신에게 묻는다. 혼자 책상에 앉아 무언가를 끄적인다. 여전히 내 앞에는 대학 졸업과 취직 등 해야 할 일이 산적해 있다. 의무적으로 해야 할 일과 진정으로 원하는 일 사이에서 무언가를 찾아 또 도전해야 한다. 피시티는 오히려 짧은 여행이었다.

2018년 피시티 데이즈에 모인 한국인 하이커들.

기록으로 들어가
다시 길을 걷다

●

김희남

긴장감이 가시지 않는다. 계획된 일정대로 티베트에 도착해 식
량과 장비로 가득한 배낭 속에서 물건들을 다시 꺼내 차곡차곡 쌓
으며 빠진 것이 없는지 확인한다.

2010년 7월 20일, 나는 티베트 수도 라싸에 있었다. 한여름 해
가 높이 떠 날씨가 쨍쨍하지만 고도 3500미터가 넘는 도시는 쌀
쌀했다. 난 대한산악연맹의 한국 청소년오지탐사대에 선발됐
다. 우리 목표는 티베트 니엔칭탕굴라산맥 중 치즈봉이라 불리는
6206미터 키이지봉 등정이다. 탐사 준비를 위해 호텔 로비에 도
착했다. 짐을 들어올리자마자 머리가 핑 돈다. 고산병인가.

팀에서 나는 기록담당 대원이었다. 기록은 완등의 증거이자 다

음 탐사를 위한 참고서다. 탐사대의 운행경로와 하루 이동거리, 부상과 처치 등을 운행일지에 꼼꼼히 적어야 한다. 매시간 기온과 고도도 확인해야 한다.

그런데 고도가 높아질수록 아무것도 할 수 없었다. 몸이 무거 워졌고 수시로 몰려오는 졸음에 꾸벅꾸벅 졸기 일쑤였다. 베이스 캠프에서는 텐트를 치던 중 헛구역질이 났다. 펜을 꼭 부여잡았 다. 하지만 거기까지였다. 펜촉은 수첩에 닿지 않았고, 무기력이 여백을 메웠다. 기록되지 않은 사건은 결국 변형되거나 잊혔다.

심장을 뛰게 만든 길

2014년 겨울, 무료한 나날을 보내고 있었다. 애플리케이션 스 타트업에 다니다 그만두었고 여자친구와도 헤어진 후 새로운 무 언가를 찾아다녔다. 멍한 표정으로 모니터 속 페이스북 피드를 스 크롤해나갈 뿐이었다.

'오늘은 뭐하지?' 그러다 손가락이 멈췄다. '여자 26살, 혼자 4285km를 걷다'라는 제목의 블로그 글이었다. 블로그는 책《와 일드》를 소개하고 있었다. 그것의 배경인 피시티는 내가 상상조 차 할 수 없었던 긴 길이었다. 난 그저 '아, 이런 긴 길이 있네?' 하 며 페이지를 닫았다. 이후 우연히 그 책이 영화로 만들어져 개봉

된다는 소식을 접했다. 호기심이 생긴 나는 책을 사서 읽기 시작했다.

하루는 액티비티 관련 스타트업을 하는 형을 만나 등산 모임에 대해 의논하기 위해 서울 합정역 근처 커피숍에 앉았다. 먼저 도착한 나는 습관처럼 노트북을 펼쳤다.

인터넷 포털 사이트에 영화 〈와일드〉에 관한 글이 올라와 있었다. 피시티가 어떤 길이며 주인공 셰릴 스트레이드가 어떻게 길을 걸었는지 소개하고 있었다. 특히 셰릴 스트레이드 역의 배우 리즈 위더스푼이 직접 피시티를 걸으며 영화를 촬영했다는 이야기에 푹 빠졌다. 엄청난 거리와 아름다운 자연, 텐트 안 침낭 속의 안락함을 상상했다. 무엇보다 작가가 실제 남긴 "몸이 그댈 거부하면, 몸을 초월하라"는 방명록 글귀가 마음에 와 닿았다. 영화 오리지널 사운드 트랙 뮤직비디오는 그 기대감을 증폭시켰고, 죽어 있는 듯했던 내 가슴은 다시 쿵쾅대기 시작했다. 가고 싶다!

마침 만나기로 한 형이 카페에 도착했다. 뭐하고 있었냐는 형의 질문에 나는 이렇게 답했다.

"형, 미국에 피시티라는 데가 있는데 완전 땡기네요!"

생애 첫 미국 여행을 떠나다

미국 여행은 처음이었다. 그것도 산에서 6개월을 보내야 한다. 다른 사람들의 후기라도 있으면 좋으련만 영화 〈와일드〉에 대한 감상만 있을 뿐 피시티에 대한 한글 정보는 거의 없었다. 플랜유어하이크Plan Your Hike, 포스트홀러Postholer, 하이크스루HikeThru 등 영문 사이트를 뒤지며 준비했다. 피시티에서는 등산화가 아닌 트레일 러닝화를 많이 신는다는 것, 하이킹 중 물품을 받을 수 있는 보급지가 있다는 것을 알아냈다. 하지만 보급지 사이에 며칠을 걸어야 하는지 확인할 수 없었다. 관련 사이트마다 보급지 주소가 조금씩 달라 헷갈렸다. 결국 여러 정보를 취합해 공통으로 언급된 곳을 보급지 후보로 정했다.

가장 큰 난관은 6개월 미국 체류를 위한 비자 발급이었다. 인터넷에는 비자를 못 받았다는 실패담만 가득했다. 네이버 '지식인'을 통해 비자 전문 변호사에게도 물어봤지만 그냥 3개월만 다녀오라는 답이 돌아왔다.

포기할 수 없었다. 소득증명서와 통장 잔고증명서, 운동 관련 자격증 등 조금이라도 비자 발급에 도움이 될 만한 서류를 최대한 준비했다. 산악 관련 단체에 찾아가 영문 신원증명서도 받았다. 한 달간 필요한 서류를 준비한 후에야 비자 신청서를 썼다. 귀국 후 계획을 적었다.

#		구간구역	보급지명칭	주소	위도	경도	누적거리	거리	웹사이트	View Details	보급지정보
1		CA Sec A	Campo	Campo, CA 91906	32.6076 - 116.469877	3.3	1.4	0.0	9	P.O., US Mail	View Details	0000-00 *Campo PO
2		CA Sec A	Mt Laguna	Mt. Laguna, CA 91946	32.867687 116.419209	69.5	43.2	0.4	2.25	P.O., US Mail	View Details	0040-00 Mount Laguna PO
3		CA Sec A	Julian	Julian, CA 92036	33.077988 -116.501462	126.7	79.7	6.6	4.1	P.O., US Mail	View Details	0077-04 Julian PO
4		CA Sec B	Warner Springs	Warner Springs, CA 92086	33.28102 -116.52472	175.4	111.0	1.6	1	P.O., US Mail	View Details	0110-01 *Warner Springs PO
5		CA Sec B	Paradise Cafe	c/o Paradise Corner Cafe 92751 Hwy 74 Mountain Center, CA 92561	33.590019 -116.591527	247.4	155.7	1.6	1	UPS ONLY, 951-659-0720, Dans and times call to verify service and mailing requirements	View Details	0152-01 Paradise Corner Cafe
6		CA Sec B	Idyllwild	Idyllwild, CA 92549	33.743635 -116.713240	287.4	178.6	7.3	4.5	P.O., US Mail	View Details	0179-00 *Idyllwild PO
7		CA Sec B	Cabazon PO	Cabazon, CA 92230		336.0	210	8.0	5	P.O., US Mail		0210-00 Cabazon PO
8	POFR	CA Sec C	Big Bear Lake	Big Bear Lake, CA 92315	34.243098 -116.909609	424.7	263.9	8.7	5			View Details
9		CA Sec C	Big Bear City	Big Bear City, CA 92314	34.201703 -116.846498	424.7	263.9	8.0	5	P.O., US Mail	View Details	0269-03 Big Bear City PO
10		CA Sec C	Cajon Pass	c/o Best Western Cajon Pass 8317 US Hwy 138 At the I-15 Freeway Phelan, CA 92371	34.312847 -117.476351	346.1	349.6	1.6	1	US Mail, 760-249-6777, call to verify service and mailing requirements	View Details	0342-x9 Best Western
11		CA Sec D	Wrightwood	Wrightwood, CA 92397	34.360530 -117.633770	579.3	359.5	7.2	4.5	P.O., US Mail	View Details	0363-05 *Wrightwood PO
12	PL	CA Sec D	Acton PO	Acton, CA 93510		714.3	444	8.7	5			0444-08 Acton PO
13	POIN	CA Sec D	Agua Dulce	c/o The Saufleys 11861 Darling Road Agua Dulce, CA 91390	34.496831 -118.344081	720.1	448.7	1.6	1	US Mail, Fed Ex, UPS & Del, Visit http://www.hikertown.com/ for current details and requirements	View Details
14		CA Sec E	Hikertown Hostel	c/o Hikertown	34.773869 -118.494260	823.2	511.5	8.1	5.05	US mail. Visit hikertown.com for current details and requirements	View Details	0511-00 Hikertown Hostel
15	POFL	CA Sec E	Tehachapi	Tehachapi, CA 93561	35.144740 -118.450469	867.2	551.3	16.1	10	P.O., US Mail	View Details	0558-10 *Tehachapi PO
16		CA Sec E	Mojave	Mojave, CA 93501	35.059940 -118.174490	900.3	559.4	17.7	11	P.O., US Mail	View Details	0559-11 Mojave PO
17		CA Sec F	Onyx	Onyx, CA 93255	35.682902 -118.223490	1043.7	648.3	28.2	17.5	P.O., US Mail	View Details	0622-18 Onyx PO
18	N	CA Sec F	Lake Isabella	Lake Isabella, CA 93240		1040.3	652	57.0	36	P.O., US Mail		0652-36 Lake Isabella PO

보급지 후보 리스트. 여러 사이트에 공개된 보급지 정보가 달라서 공통으로 언급되는 곳을 보급지 후보로 정했다.

"여행을 마친 2015년 10월 이후에는 피시티 가이드북을 출간할 계획입니다"AFTER OCT/2015, I AM PLANNING TO WRITE AND PUBLISH A GUIDE BOOK REGARDING TRAVELING PACIFIC CREST TRAIL.

희남에서 '히맨'으로 태어나다

2015년 4월 8일 로스앤젤레스 국제공항에 도착했다. 오지탐사대를 통해 알게 된 양희종 형과 피시티를 걷기로 했다. 우리는 공항에서 차를 렌트해 샌디에이고로 내려갔고, 현지에서 비행교육을 받고 있던 지인을 만나 그의 차를 타고 피시티 출발지로 향했다. 캘리포니아와 멕시코 국경지대인 캠포에 도착했다. 시계는 4월 16일 오전 10시 40분을 가리키고 있었다.

사막은 생각보다 걸을 만했다. 그늘을 찾아 헤매기도 했지만 달빛이 그린 내 그림자를 따라 걷는 것이 좋았다. 해병대 수색대 시절 천리행군이 생각났다. 앞사람만 보고 종일 걷다 저녁을 먹고 나면 포근한 침낭에서 잠을 잘 수 있었던 시간이었다.

길에는 다양한 하이커가 있었다. 아무 경험 없이 무작정 걷는 학생, 회사에 사표를 던지고 온 청년, 은퇴 후 이 길을 찾은 50-60대도 적지 않았다. 어떤 하이커는 반려견과 길을 걸었다.

하이킹 8일째 캘리포니아 샌디에이고카운티 워너스프링스 (운행 8일째, 운행거리 176.2킬로미터)에 도착했다. 이틀 전 길에서 만났던 부부 하이커인 아내 사이프러스와 남편 오크를 그곳에서 다시 만났다. 키가 크고 말수가 적은 아내와 달리 남편은 키가 작고 수다스러웠다. 오크는 마치 경주를 하듯 치열하게 걷는 나를 보고 말했다.

"넌 희남이 아니고 히맨이야!"No, Heenam, He-Man!

빠르고 힘차게 걷는다며 '히맨'이라고 한 것이다. 트레일 네임을 뭐로 할까 고민하던 나는 그날부터 히맨이 됐다.

운행 11일째, 캘리포니아 리버사이드카운티 마운틴센터에 있는 파라다이스밸리 카페(운행거리 247킬로미터)에서 노릇하게 구운 식빵으로 만든 커다란 햄버거를 먹었다. 샌버나디노카운티 모하비사막 북부에서는 딥 크릭 온천(운행거리 495.6킬로미터)을 지났다. 속옷 하나 걸치지 않은 하이커들 사이에서 온천을 즐겼다. 운행 22일째, 맥도날드(운행거리 551.2킬로미터)에서 빅맥 한번 먹어 보겠다며 46킬로미터를 걷기도 했다. 내 몫으로 햄버거 세 세트를 시켰다. 정신없이 먹고 결국 남긴 햄버거 반 개는 다음날 아침으로 먹었다.

일부러 46킬로미터를 걸어 맥도날드를 찾았다.

눈을 떠보니 집이 무너졌다.

텐트가 찢기고 식량도 바닥나다

29일째, 첫 위기가 찾아왔다. 전날 쿠퍼 캐년 트레일 캠프를 출발해 668킬로미터 지점에 텐트를 펼쳤다. 탁 트인 언덕이라 바람이 강했다. 평소 귀찮아 텐트 고정하는 팩을 잘 쓰지 않았는데 막상 쓰려고 찾으니 어디에 있는지 보이지 않았다. 대충 바윗돌로 텐트 모서리를 고정했다.

한밤중에 강풍이 텐트를 좌우로 흔들었다. 바람이 얼마나 센지 텐트 천장이 눌려 이불처럼 덮일 정도였다. 하지만 나는 '다시 복원되겠지' 하며 눈을 감았다. 그런데 아침에 잠에서 깨보니 텐트가 찢어져 바람에 펄럭이고 있었다. 좌우로 흔들리던 텐트 폴이 부러진 것이다. 날카로워진 텐트 폴이 텐트 지붕도 찢어버린 상태였다. 어쩔 수 없이 텐트를 한 손으로 받쳐 들고 아침을 먹었다.

하늘에는 잿빛 구름이 껴 있었다. 무너진 텐트를 바라보며 한숨 쉬는 것도 잠시 갑자기 비가 내려 서둘러 배낭을 꾸렸다. 출발한 지 얼마 되지 않아 비는 우박으로 바뀌었다. 우박은 강풍을 타고 얼굴로 날아들었다. 멀티스카프를 눈 아래까지 끌어올렸는데도 얼굴이 따가울 정도였다. 바지는 젖어 스멀스멀 내려갔다. 체온도 떨어졌다. 덜덜 떨리는 몸을 데우려 콩콩 뛰듯 걸었다. 생존 게임이었다. 텐트가 날아간 이날부터 보름 동안 나는 바닥에서 침낭만 덮고 자는 카우보이 캠핑을 했다. 피시티를 준비하며 상상했던 개고생의 시작이었다.

진짜 힘들었던 곳은 중부 캘리포니아 인요카운티 케네디 메도우즈에서 비숍까지 구간이다. 9일 정도 걸리는 거리였는데, 계산을 잘 못해서 7일 치 식량밖에 챙기지 못했다. 하필이면 미국에서 가장 높은 휘트니산과 피시티에서 가장 높은 포레스터 패스(4009미터)를 넘어야 했다.

나는 부족한 식량을 아끼기 위해 한 봉지에 여섯 개가 들어 있는 땅콩 크래커를 한 시간 반마다 하나씩 꺼내 먹었다. 밥과 라면이 다 떨어진 후에는 한국에서 대량으로 사간 라면 수프를 끓여 국물만 마셨다. 허리띠를 졸라맸지만 결국 보급지에 도착하기 하루 전날 거의 모든 식량이 바닥났다. 사정을 들은 주변 하이커들이 빵과 통조림을 나누어주었다. 나는 모닥불 앞에 앉아 주린 배를 채웠다.

비숍에 도착하자마자 먹을 것을 잔뜩 사서 모텔로 들어갔다. 아이스크림도 한 통 샀다. 저녁을 먹으러 나가기 전 맛만 보려고 아이스크림 통을 열었는데, 나도 모르게 한 통을 순식간에 비워버렸다. 저녁에는 스테이크와 파스타, 피자를 먹었다. 오랜만의 풍족한 식사에 와인까지 정신없이 마셨다.

그날 밤 결국 탈이 났다. 밤사이 구역질을 네다섯 번이나 했다. 다음날도 속이 안 좋았다. 술병이라도 난 것 같았다. 몸살 기운이 올라왔다. 휴식이 필요했지만 계획된 일정을 미룰 수는 없었다.

남아 있던 우유와 빵, 맥주 두 병을 배낭에 담아 모텔을 나왔다. 불어난 배낭 무게에 몸이 휘청였다. 결국 해가 지고 어두워진 길에서 엉덩방아를 찧어가며 힘겹게 피시티에 복귀했다.

다음날 아침, 짐 무게를 줄이기 위해 모텔에서 챙겨온 맥주를 마셨다. 억지로 술을 마신 탓이었을까, 길을 걷기 시작한 지 10분도 되지 않아 배에서 신호가 왔다. 함께 걷던 양희종 형을 먼저 보낸 후 볼일을 봤다. 피시티에서 첫 설사였다. 온몸에 힘이 쭉 빠졌다. 결국 형과 만나기로 약속한 사이트까지 도달하지 못한 채 걸음을 멈춰야 했다. 그후 일주일 동안 형을 만날 수 없었고 힘겹게 재회한 뒤에도 보름 동안 속병과 싸워야 했다.

기록할 수 있는 모든 것을 기록했다

나는 피시티를 걸으며 휴대전화와 고프로GoPro로 운행을 빠짐없이 기록했다. 기상 및 출발 시각, 운행거리, 휴식 횟수, 아침·점심·저녁 메뉴, 하루에 몇 밀리리터의 물을 마셨는지까지 기록했다. 대소변을 본 후엔 바로 전화기를 꺼내 몇 번째 대소변인지 메모했다. 길에서 일어난 일을 모두 기록하려고 노력했다. 숙소에서 깜빡 잠들어버린 서너 번을 제외하고는 할 수 있는 모든 것을 기록했다.

운행 중에는 휴대전화 메모장을 이용해 여정을 써나갔다. 매일 밤 텐트 안에서는 아이패드에 기록을 정리했다. 메모장 기록을 구글 문서 프로그램에 옮겨 다시 정리했다. 영상과 사진은 모두 고프로로 촬영했다. 운행하며 떠오른 생각은 영상 다이어리로 남겼다. 64기가 메모리카드 두 개와 외장하드를 가지고 다니며 마을에 가는 날이면 도서관 등에서 백업을 했다.

이렇게 기록에 집착한 이유는 완주에 대한 완벽한 증거를 남기고 싶어서였다. 단 한 발자국도 건너뛰지 않고 걸었음을 증명하고 싶었다. 기록을 정리해 보고서도 만들고 싶었다. 기억은 쉽게 미화된다. 훗날 피시티에서의 상황을 사실 그대로 복기하고 싶었다.

스스로 걷지 않으면 길은 끝나지 않는다

크고 작은 고비가 있었지만 잘 버티며 걸었다. 육체적 한계는 정신력으로 이겨냈다. 캘리포니아주를 지나 오리건주부터는 발목 통증이 느껴졌지만 크게 개의치 않았다. 조금씩 지루함이 찾아왔고 서둘러 종주를 끝내고 싶었다.

운행 141일째, 트라우트 레이크(운행거리 3605킬로미터)로 향하는 트레일이 산불로 차단됐다. 우회하는 길을 찾기 위해 인근 마을로 이동했다. 마을에서 낮잠도 자고 식사도 하느라 시간을 제법 지체했다. 다시 피시티에 복귀하기 위해 우회도로 22킬로미터를 뛰어가듯 걸었다. 우연히 발견한 탁락 레이크 캠핑장에서 트레일 엔젤을 만나 핫도그도 얻어먹었다. 실컷 즐기면서도 계획한 운행 거리도 채운 뿌듯한 하루였다. 평소보다 발목 통증은 크게 느껴졌지만.

결국 다음날 통증이 폭발했다. 텐트 밖으로 발을 내딛자 통증이 몰려와 일어서기도 힘들었다. 절뚝이지 않고는 걸을 수 없었다. 발목은 나의 명령을 따르지 않기로 작심한 듯했다. 비마저 내렸다.

꾸역꾸역 걸어가다 처음으로 걷기를 멈추고 탈출을 결정했다. 가까운 마을로 데려다줄 차가 오기를 바라며 억지로 걸었다. 작은 돌 하나에도 발목이 꺾여 통증이 몰려왔다. 그때마다 비명을 질러댔다. 억울함에 짜증이 밀려왔다. 이제 다 끝났다고 생각했는데, 길에만 집중해온 내게 왜 이런 시련이 찾아왔는지 하늘이 원망스러웠다. 화풀이하듯 등산 스틱을 땅에 강하게 내리꽂았다.

아무리 원망해도 나를 위해 길이 바뀌지는 않았다. 그 자리에 멈춰 있는 건 나였다. 스스로 걸어나가지 않으면 길은 절대 끝나지 않았다. 나는 다시 한발 한발 내디뎠다.

절뚝이며 걸은 지 20일이 넘었다. 하루하루가 지옥이었다. 매일 밤 신음하며 잠을 이루지 못했다. 매 끼니 먹은 진통제의 부작용인지 손은 전기가 오듯 찌릿찌릿했다. 발은 퉁퉁 부어 시퍼렇게

처음으로 운행을 중도 포기한 날. 발목 통증에 몸살까지 겹쳤다.

시퍼렇게 부어오른 발목. 캐나다까지 320킬로미터를 남겨두고 '포기'를 생각했다.

변했다.

캐나다까지 320킬로미터를 남겨둔 워싱턴주 시애틀 인근 스카이코미쉬(162일째, 운행거리 3961.6킬로미터)에서 처음으로 정신적 한계를 느꼈다. 기어서라도 이 길을 걸어내고 말겠다던 각오가 무너졌다. 다시 발을 쓰지 못하는 건 아닐까 두려웠다. 지나온 4000킬로미터가 아무것도 아닌 것이 될까봐 두려웠다. 비자 만료일도 얼마 남지 않았다. 모텔 침대에 돌아누웠다. 이런 고민을 하고 있자니 눈물이 절로 흘렀다. 그리고 생각했다. 지금 이 눈물이 헛되지 않기를.

비자 만료일까지 허락된 시간은 열흘. 온 힘과 정신을 다해 걷기로 했다. 하루하루 손가락으로 세어가며 걸었다. 한 시간 걷고 주저앉기를 반복했다. 휴식 시간 10분이 천천히 지나가길 바라며 시계를 자꾸 쳐다봤다. 비자 만료일 하루 전날, 캐나다 국경이 6킬로미터 남은 지점까지 다다랐다. 기어서라도 간다면 다음날 국경에 도착할 수 있겠다는 생각이 들었다. 기뻤다. 운행 175일 차 피시티 마지막 날, 절뚝거리며 캐나다 국경 표식인 모뉴먼트78에 도착했다.

'내가 이걸 보려고 지금껏 이 고생을 한 건가?'

피시티 최북단 기념비를 어루만지며 가장 먼저 든 생각이었다. 바로 옆 국경 표식의 뚜껑을 들어올려 방명록을 꺼냈다. 피시티에서 마지막 방명록을 쓰며 지금까지 했던 고생이 떠올랐다. 두 발

175일 만에 도착한 미국과 캐나다 국경에서.

로 걸어온 나 자신에게 고마웠다. 피시티 하이커 히맨이 대견했고
자랑스러웠다. 사랑스러웠다.

기록으로 들어가 다시 걷다

귀국한 뒤 커피숍에서 7-8시간 동안 기록을 정리했다. 영상과
사진은 주제별로 분류해 태그를 달았다. 주요 영상을 편집해 정리
하는 작업만 2년이 꼬박 걸렸다. 당시 풍경과 만난 사람들, 내 표
정과 목소리를 보니 피시티를 다시 걷는 것 같았다. 영상 속 히맨
이 기뻐하면 화면 밖 나도 기뻤고 아프거나 슬퍼하면 덩달아 기분
이 가라앉았다.

산악잡지 기자인 친구의 제안으로 잡지 〈마운틴〉에 피시티 글
을 연재했다. 글쓰기 플랫폼인 브런치에도 기록을 정리해 공모
전 브런치북 프로젝트에서 은상을 받았다. 예비 하이커를 위한 책
《PCT 하이커 되기》를 출간했다. 또 한국인 하이커 경험과 정보
교류를 위해 네이버 카페 '하이커스랩'Hiker's Lab을 만들어 운영하
고 있다. 매년 두 번씩 하이커 모임을 연다.

기록은 자연스럽게 나를 피시티 봉사자인 '트레일 엔젤'로 만
들었다. 고생하며 기록한 피시티 준비과정과 운행기록을 혼자 간
직하기엔 아까웠다. 한국인 하이커들에게 조금이나마 도움이 되

었으면 하는 마음에 블로그에 내용을 꾸준히 올렸고, 그 블로그를 통해 피시티에 도전하려는 사람들이 문의해왔다. 그 과정에서 '해피데이'라는 트레일 네임을 쓰던 박선칠 선생님도 알게 되었다. 그는 나의 책《PCT 하이커 되기》의 첫 독자이기도 했다.

그를 만난 건 2018년 2월, 하이커 강연에서였다. 첫 만남부터 적극적이셨던 선생님은 뒤풀이 자리에서도 분위기메이커 역할을 하셨다. 뒤풀이가 끝나고 난 뒤엔 자리에 남았던 소주 두 병을 내 가방에 넣어주시기도 했다. 예비 하이커들은 선생님의 양평 별장에 모여 계획을 공유하고 준비 상태를 점검했다. 앞으로 펼쳐질 길을 상상하며 즐거워하는 모습이 한편으로 부럽기도 했다. 그 마음을 아셨는지 선생님은 영화 〈와일드〉의 마지막 배경인 오리건주와 워싱턴주 경계, 신들의다리에서 다시 만나자며 내게 비행기 삯을 주셨다.

그들이 출국한 지 며칠이나 지났을까. 늦잠을 자고 있던 내 머리맡에서 전화기가 울렸다. 박선칠 선생님의 부인이었다. 그가 트레일에서 심장마비로 돌아가셨다는 소식이었다. 순간 머릿속이 하얘졌다. 몰래카메라가 아닐까 하는 생각이 들 정도였다. 잘 걷고 계실까 궁금했으면서도 방해가 될 것 같아 연락을 미뤘던 것을 후회했다. 그날 이후 피시티 하이커들과 함께 있는 카카오톡 단체방의 알림을 다시 켰다. 밤낮 가리지 않고 울려대는 통에 꺼놓았던 알림이었다. 하이커에게 긴급한 상황이 생길 수도 있겠다는

또 놀라운 양평은 변한 모습없이 참
좋습니다 :) 이런 멋진곳에 초대해주셔서
고마워요. PCT를 무사히 걸을수 있었던건
모두 HAPPY DAY 행복한 날들 덕분이었던것
같아요. PCT에서 만난 모두 너무 좋아요!
또 길에서 만나요   2016. 11. 11
HAPPY DAY   - 아란 :) ♡ -

선생님 2012 선생님,
덕분에 모두 길을 무사히 마치고
다시 이곳에 모여 함께 웃을 수 있었습니다.
언제나 행복한 날을 만들어 주셔서 고맙습니다.
또 만날 때까지 ...   HAPPY DAY !!

2018. 11. 11. 16:42
Mikee Shermon, 김희남 ..

양평 모임에서 해피데이 박선칠 선생님을 기억하며 하이커들이
남긴 방명록.

생각에 그 후로는 작은 알림도 확인한다.

그해 8월 미국으로 날아갔다. 피시티를 완주한 하이커들과 제작한 '해피데이'(박선칠 선생님의 트레일 네임) 배지를 가지고 갔다. 운행 중인 하이커들을 위한 응원 영상도 만들었다. 하이커들과 재회한 곳은 2018년 피시티 하이커 축제 '피시티 데이즈'가 열리는 오리건주 끝의 신들의다리 아래였다. 2015년만 해도 이 축제에 한국인 하이커는 세 명뿐이었다. 하지만 3년 만에 20여 명으로 늘어나 있었다. 하이커들에게 해피데이 배지를 나눠주며 고인이 된 선생님을 추모했다. 그날 박 선생님은 없었지만, 해피데이였다.

이듬해 나는 어느 기업의 하이킹 제품 필드 테스트를 위해 피시티 구간인 존 뮤어 트레일을 다시 걸었다. 온통 폭설에 덮인 길은 내가 걸었던 길과 완전히 다른 모습이었다. 어느 갈림길에서 멈췄다. 4년 전과 똑같이 주변을 두리번거렸다. 먼저 지나간 하이커의 발자국이 보였다. 뒷사람에게 안도감과 용기를 주는 흔적이었다. 그 발자국 또한 누군가의 기록이지 않을까. 문득 궁금해졌다.

맨 처음 이곳에 발자국을 낸 사람은 누굴까? 과연 나는 누군가에게 선명한 발자국일까?

40명분 식사를 준비하는 정 인걸 줄리엔.

하이커들의 허기를 채우는
'부대찌개 끓이는 천사'

●

정 인걸 줄리엔

끓는 물에 제대로 데우지 못한 즉석밥을 삭은 나무토막 자르듯 툭 잘라 그 위에 얼큰한 부대찌개를 넘칠 듯 끼얹는다. 하이커들은 지난 5개월의 야생생활로 얼굴이 검게 그을렸고 손톱 밑에는 때가 꼬질꼬질 꼈다. 모두 '고맙습니다'를 연발하며 후루룩 마시듯 숟가락질을 해댄다.

한동안 한국의 매운맛을 구경 못한 하이커들은 결국 배탈이 나 두루마리 휴지를 들고 화장실을 들락거렸다. 몇몇은 깡통에 든 깻잎을 한 장 한 장 아껴 먹으며 향수를 달랬다. 그렇게 나는 또 한 번 천사가 되었다.

내 방식의 사회적 기여를 꿈꾸며 실행하며

내 나름의 사회적 기여를 하며 살아야겠다는 마음을 실행으로 옮기는 데까지는 꽤 오래 걸렸다. 아무도 가르쳐주지 않았고 누가 꼭 해야 하는 일이라고도 하지 않기 때문이다. 나는 한국에서 대학을 졸업한 뒤 재미교포인 친구의 오빠와 결혼해 미국에서 신혼생활을 했지만 오래가지 못했다. 20대 중반 가정폭력으로 이별했다.

그때 난 무엇보다 경제적으로 자립이 돼 있지 않았다. 언어와 문화 차이를 극복할 준비도 돼 있지 않았다. 가난에서 발생하는 불편은 지출을 줄이면 되지만 반드시 처리해야 할 관공서 행정 처리는 버거웠다. 그들은 내가 미국에서 충분히 적응할 수 있을 때까지 기다려주지 않았다. 하지만 나는 굴하지 않고 잡초처럼 뿌리를 내렸다.

주변의 도움으로 홀로 사는 데 적응해나가던 내 마음에는 어느새 남을 돕고자 하는 마음이 차곡차곡 쌓였다. 빠듯한 경제력이었지만 제3세계 아이들을 위한 기부를 시작했다. 그러다 어느 날 기부단체로부터 지원하는 아이가 바뀐다는 통보를 받았다. 명확한 이유가 없었다. 황당한 그 조처에 반감이 생겨 기부를 중지했다. 그리고 이후 비영리 단체가 운영하는 어린이 학교에서 교사로 일하며 커뮤니티를 돕는 방식과 누군가를 돌보는 일을 배워나갔다.

216

하루는 작가인 친구가 지인들에게 카카오톡 공지를 날렸다. 세계여행가이자 남미에서 봉사활동을 하는 한국인 청년이 미국에 오는데, 그 청년을 도와줄 수 있느냐는 것이었다. 내가 팔을 걷어붙였다. 청년에게 로스앤젤레스에서 도움이 될 만한 사람을 소개해주고 사진전도 개최해주었다.

이것을 인연으로 그 청년과 결을 같이하는 사람들을 만났다. 만만치 않은 똘끼와 객기로 조합된 이들 배후에는 다양한 방식으로 이웃을 돕는 사람들이 포진해 있었다. 어떤 이는 따듯한 말로 응원하고, 어떤 이는 이벤트가 있을 때 직접 참여하고, 어떤 이는 지갑을 열었다. 그러다 나의 생각을 뒤엎는 '말'을 만났다. 한국 청년나눔단체 '허그인'을 돕는 공무원과 만난 자리에서 그는 자신이 나눔 활동을 하는 이유를 이렇게 설명했다.

"다른 사람의 관심에 관심 있어요."

이 말이 나의 고정관념을 획기적으로 바꾸어놓았다. 주인공이 되어 모든 걸 해결하려고 애쓰지 않아도 되는구나. 봉사란 무슨 일에 총대를 메고 해야 하는 거창한 것이 아니며, '누군가를 돕는 자를 돕는 것'도 의미 있겠다는 생각을 하게 되었다. 가난한 사람만이 아니라 누군가를 도울 가능성이 있는 사람을 돕고 키우는 것도 사회적 기여라는 생각이 들었다.

시티엔젤 정 인걸 줄리엔이 오리건주 케스케이드록스에서 만난 한인 하이커들과 대화하고 있다.

나는 '시티엔젤'이다

로스앤젤레스에는 해외에서 가장 큰 한인 커뮤니티가 형성돼 있다. 그래서 다양한 특성의 한인 여행자와 사업가, 예술가 들을 만날 수 있다. 청년나눔단체 허그인에서 아이디어를 얻은 뒤 2017년 1월 전 세계에서 봉사활동을 하는 한국인 청년들을 돕는 봉사단체 '블루리본'을 만들었다. 그리고 6개월이 지난 즈음 아프리카에서 의료봉사를 하던 한 청년이 피시티 종주에 도전한다는 소식을 듣고 그를 만나기로 했다.

그의 이름은 정힘찬. 그를 로스앤젤레스 국제공항에서 만나자마자 나는 봉사활동에서 겪은 이야기를 해달라고 재촉했다. 그가 풀어낸 이야기보따리에는 전 세계 대륙에서 경험한 모험과 아프리카 의료봉사를 하며 겪은 여러 체험이 가득했다. 자연스럽게 그가 도전한다는 피시티 종주도 응원하기로 했다.

피시티는 쉽지 않은 길이었다. 여행에는 프로였지만 오지에 가까운 트레일에서는 정힘찬 씨 역시 철저한 아마추어였다. 장비부터 부실했다. 그는 길을 걸은 지 얼마 안 돼 발이 물집으로 엉망이 되어 로스앤젤레스로 돌아와야 했다. 나는 그에게 고기를 사 먹이며 보람 있게 지낼 수 있는 계획을 잡아줄 테니 여기서 봉사활동이나 하자고 우스갯소리를 했다. 하지만 그는 끝끝내 트레일로 돌아갔다.

이후 힘찬 씨와 함께 피시티를 걷던 한인 하이커 세 명과 교류했다. 그들 모두 피시티 구간을 절반 정도 걸은 상태였다. 나는 왜 그 길을 걷는지 물었다. 논리정연한 답변보다 오지에서 극기로 단련된 몸과 반짝이는 눈동자, 검게 탄 피부가 이유를 대신 설명했다. 나는 한식을 몇 개월 동안 먹지 못한 그들에게 삼겹살에 김치를 구워 먹였다. 배고픈 하이커들에게 밥을 먹이는 기분이 정말 끝내준다는 것을 슬슬 알게 되었다. 이후 나는 그들이 종주를 끝낼 때까지 서로의 안녕을 확인하는 사이가 되었다. 한국 라면과 깡통깻잎, 볶음김치가 포함된 '고국 맛 보급박스'를 네 개 만들어 하이커의 속도에 맞게 트레일 보급지로 보내기도 했다.

나는 피시티를 잘 모른다. 하이킹이라고는 기껏해야 친구들과 로스앤젤레스 뒷동산을 두 시간 정도 오르내리는 수준이다. 산책하듯 걷고 함께 브런치를 먹는 것에 의미를 두는 정도다. 스페인 산티아고 순례길을 다녀왔다는 친구 이야기를 들으면 "우와~ 어떻게 40일을 걸어서 여행할 수 있어?" 하며 그가 걸었던 이야기보다 그들이 마신다는 스페인 와인과 타파스에 관심이 갔다. 그런 내가 피시티 하이커를 돕는 트레일 엔젤이 되다니. 삶은 예측하지 못하게 흐른다.

엔젤 이야기를 시작하기 전에 정확히 짚어볼 용어가 있다. 정확히 말해 나는 트레일 엔젤이 아니다. 트레일 엔젤은 오지에서 물이 부족하거나 음식물 수급이 부족한 곳에 나타나 먹고 마실 것을 무상으로 제공하고 때때로 몸을 씻고 잠잘 곳을 제공하는 트레일 위의 봉사자다. 하지만 나는 로스앤젤레스라는 도시 안, 우리 집에서 활동한다.

하이커들이 필요 없는 장비를 집으로 보내면 일정 기간 보관해주었다가 다시 필요한 구간으로 보내준다. 며칠 소식이 없는 하이커가 있으면 안부를 물어 안전을 챙긴다. 체력과 정신력이 바닥나 중도에 포기하고 싶어하는 하이커가 있으면 '고국 맛 보급박스'를 만들어서 보내준다. 말하자면 '시티엔젤'이다. 부상 회복을 위해 로스앤젤레스로 들어온 하이커를 만나 삼겹살과 냉면을 먹이고 운전을 해주고, 이들을 돕고자 하는 다른 한인 엔젤을 연결해준다. 트레일 엔젤의 영역을 내 여건에 맞게 재창조했다.

캠핑장에서 앞치마를 두르다

2018년 8월 피시티 하이커들이 마지막 워싱턴주 구간을 앞두고 휴식을 취하는 축제인 피시티 데이에 참여하기로 했다. 숲이 아름답다는 오리건주에서 산림욕을 하며 놀아볼 생각이었다. 한인 하이커들을 취재할 기자와 그의 아내, 한인 하이커들을 지원해온 원조 한인 트레일 엔젤과 함께 1616킬로미터의 로드트립 대장정을 계획했다. 바비큐를 할 갈비를 사고 해장국으로 끓일 국거리

2018년 피시티 데이에 함께 모여 식사하는 하이커들.

와 찌갯거리를 장만했다. 6-7인분 정도면 충분할 거라고 생각했다.

가는 길은 멀고도 멀었다. 기다리는 하이커들을 위해 우리는 무박으로 달렸다. 고층 빌딩을 지나 덤불 분지를 건너 깊고 깊은 원시림을 통과했다. 하이웨이에서 돌이 튀어 차량 앞 유리가 금이 갔다. 오리건주에서는 모기의 습격을 받았다. 주유하며 잠깐 차문을 열었는데 모기 수백 마리가 차 안으로 기습한 것이다. 모기 퇴치제도 없어 부채와 잡지로 하나하나 사냥했다. 차 안은 누군가의 피로 칠갑을 했다.

피시티가 열리는 오리건주 케스케이드록스에 도착하기 전에 연락이 된 한국인 하이커를 찾아 하나하나 '주워' 차에 태웠다. 비록 걸어서 축제장까지 도착하지는 못했지만 미리 한식을 먹여 쉬게 하기 위해서였다. 하이커들은 캠핑장 오두막 앞에 노숙하거나, 마을 벤치에 앉아 침낭을 덮고 있었다. 쉰내 나고 새까만 하이커들이 개조한 밴의 뒷좌석 1, 2층에 차곡차곡 쌓였다.

날이 바뀌고 해가 제법 높이 뜬 뒤에야 현장에 도착했다. 냄비를 꺼내 한인 식당에서 사간 순댓국을 넣고 끓였다. 한인 하이커들과 축제에 참여한 한인 아웃도어 업체 관계자들이 모였다. 하이커들은 또 다른 하이커를 초대했다. 그 수가 40명 가까이 됐다. 준비한 음식이 턱없이 부족했다. 예상보다 많은 인원에 당황했다. 순간 다르게 놀기로 마음먹었다.

먼저 캠핑장 쉼터를 주방으로 삼았다. 휴대용 가스레인지를 더 꺼내 큰 냄비를 올렸다. 난 주방언니를 자처했다. 가져간 고추장과 된장 등 양념을 총 동원해 부대찌개, 김치콩나물국, 북어국, 골뱅이무침을 만들고 불고기와 갈비를 구웠다. 2박 3일간 40명에게 무상 급식을 했다.

하이커들은 게 눈 감추듯 음식을 먹어치웠다. 그러고는 설거지를 하겠다고 자원했고, 굽고 끓이고 퍼주기 바쁜 내게 다가와 "누나, 먹으면서 하세요" "언니, 감사합니다"라는 말을 끊이지 않고 했다. 마치 오르골 소리 같았다.

우리가 준비한 '소맥'을 냄비에 섞어 돌려 마시며 한 하이커가 말했다.

"오늘은 달이 참 예뻐요."

다음날 해장국으로 먹을 김치콩나물국을 끓이던 나는 당황했다. 내가 달을 본 게 언제였지? 그때 생각이 들었다. '그래, 이 하이커들은 지난 5개월간 산에서 매일 달빛을 바라봤구나.' 이들은 내가 놓치고 사는 자연의 아름다움을 알아가고 있었다.

근사한 순환을 위하여

피시티에 도전하는 이유가 각양각색이듯 나와 같이 엔젤 활동을 하는 사람들의 이유도 다 다르다. 한 한인 엔젤은 자신이 하이커이기에 장거리 하이커를 보면 마음이 간다고 했다. 그는 특정 트레일을 걷는 '섹션 구간 하이킹'을 하며 하이커들에게 먹을 것을 나누어준다. 또 다른 엔젤은 부상이 심한 하이커를 트레일에서 도시로 데려와 치료받게 한다. 때때로 필요한 장비를 빌려주거나 교체해준다.

나는 무모한 도전에 나서는 이들의 과감함이 흥미로웠고, 길에서 극기하며 변화하는 모습에 매력을 느꼈다. 자신을 성장시키고 세계를 경험하는 방식을 피시티로 선택한 그들은 바닥 저 끝의 자신과 마주하고, 위험한 상황에 놓이며, 누군가에게 도움받기를 반복한다. 그들은 주고받는 일반 거래에서 벗어나 아무 대가 없이 베풂이 이뤄지는 문화에 오히려 혼란스러워한다. 처음에는 '얼마나 잘살기에 남을 돕나'라고 생각하다가 그것이 물질의 풍요가 아닌 타인에 대한 관심과 공감, 배려에서 나왔음을 깨닫는다. 그러고는 스스로 엔젤이 되기를 다짐한다. 이 얼마나 근사한 순환인가.

엔젤의 엔젤이 되다

선한 영향력을 더 많이 전파할 가능성이 있는 청년을 돕고자 한 나의 음흉한 전략은 제법 결과가 좋았다. 나와 인연을 맺은 하이커들은 새로운 하이커를 위해 정보를 공유하고, 트레일로 보급박스를 보낸다. 피시티 데이에 맞춰 떡볶이와 김치찌개를 끓여 냄비째 나르는 하이커도 있다. 그리고, 다음 해에는 어떤 일을 할까 고민한다.

한국으로 귀국한 하이커들은 모여서 사진전과 장비전을 개최해 수익금을 만들어 미래의 하이커들에게 쓰고 있다. 오래도록 소식이 잠잠하다가 신년이나 명절이 되면 문자와 전화가 온다. 피시티 당시와 똑같은 강도의 감사인사를 전한다. 그들은 서로 나누고 돌보고 있으며, 그 대상은 확장되고 있다.

엔젤 활동 이후 두 번 한국에 갔다. 첫 번째는 크리스마스 연휴였다. 한 여성 하이커는 재치 있게 나에게 무릎을 꿇고 꽃다발을 선사했다. 또 다른 하이커는 친구 공방에서 손수 커피잔을 만들어주었다. 귀국 후 취업이 되지 않아 경제적으로 힘든 게 분명한 친구였다. 나는 그 잔으로 매일 커피를 마시며 그녀를 생각한다. 어떤 하이커는 미국으로 귀국하는 날 공항까지 나와 나를 마중했다. 이들은 만나고 헤어질 때 늘 사랑한다고 인사한다.

두 번째 방문은 부산에 계신 아버지가 돌아가셨을 때였다. 오랜 해외생활로 부고를 알릴 곳도 없어 페이스북에 글을 올렸다. 서른여섯 시간 걸려 장례식장에 도착하기까지 하염없이 눈물이 흘렀다. 타향살이에 복받치는 쓸쓸함이 한꺼번에 몰려왔다. 걱정도 됐다. 고국에서 몇 명이나 나의 슬픔을 함께해줄까. 복잡하고 애통한 심정 속에 부산 땅을 밟았다.

자정이 다 된 시간, 장례식장에 들어섰다. 그런데 한 피시티 하이커가 나를 여섯 시간째 기다리고 있었다. 깜짝 놀랐다. 전혀 예상 못한 등장이었다. 오래 이야기를 나누지는 못하고 가벼운 인사만 하고 헤어졌다. 하지만 깊은 위로가 마음으로 전해졌다. 타지에 사는 다른 하이커들은 조의금으로 마음을 대신했다. 장례식장 방명록에는 '피시티 하이커'란 이름이 쓰여 있었다. 그렇게 그들은 나의 엔젤이 되었다.

당신이 알고 싶은 피시티에 대한 모든 것

30문 30답

피시티 용어

피시티 지도 약어

30문 30답

•

피시티협회가 발표한 통계자료와 하이커 맥이 자신의 웹사이트 '하프웨이애니웨어닷컴'halfwayanywhere.com에서 실시한 설문조사, 한국인 하이커 김희남 씨가 자체 조사한 설문을 바탕으로 작성했다. 통계 기준연도는 2018년이다.

Q. 피시티 완주 성공률은 얼마나 되나요?

피시티협회에서 공개한 허가증 발급 개수와 완주자 수를 바탕으로 한 2013-2018년 피시티 완주 성공률은 평균 23.7퍼센트였다. 가장 성공률이 높았던 해는 2014년으로 33.5퍼센트를 나타냈다. 성공률이 가장 낮았던 해는 미국 서부에 폭설이 내렸던 2017년으로 열 명 중 한 명꼴인 13.5퍼센트가 완주했다.

Q. 하이커의 평균연령은 어떻게 되나요?

피시티 하이커들의 평균연령은 34세였다. 20대 비율이 전체 절반인 48.8퍼센트로 가장 높았고, 30대가 25.6퍼센트, 40대 9.2퍼센트, 50대 8.2퍼센트, 60대 이상이 전체 6.5퍼센트를 차지했다. 10대 이

하는 1.6퍼센트였다.

Q. 여성 하이커도 많나요?

여성 하이커 비율은 약 43퍼센트였다. 2016년 33퍼센트, 2017년 42.2퍼센트로 꾸준히 늘고 있다. 2018년 전체 한국인 하이커 37명 가운데 여성 하이커는 13명으로 약 35퍼센트였다. 한국인 하이커 김희남 씨가 집계했다.

Q. 혼자 걷는 사람도 있나요?

혼자 걷는 하이커는 전체 10명 중 6명이 넘는 66퍼센트였다. 혼자서 야영하는 비율은 25퍼센트였다. 남녀, 남남, 부부 등 다양한 그룹의 하이커가 있지만 혼자 걷는 하이커가 가장 많았다.

Q. 하루 평균 얼마나 걷나요?

피시티 완주자들의 하루 평균 운행거리는 29.4킬로미터였다. 하루 동안 걷는 거리는 코스와 컨디션에 따라 편차가 있다. 어느 정도 적응을 마치면 40킬로미터 이상 걷기도 한다. 하루 최장 운행거리는 평균 63.7킬로미터였다.

피시티 완주자 김희남 씨가 한국인 하이커를 대상으로 2018년과 2019년 두 번에 걸쳐 실시한 설문조사에 따르면, 한국인 하이커의 평균 운행거리는 32킬로미터, 평균 최장 운행거리는 61.6킬로미터였다.

Q. 산행 경험이 없어도 걸을 수 있나요?

피시티가 첫 장거리 하이킹이라고 대답한 비율은 70퍼센트를 차지했다. 산행 경험이 많은 사람도 있었지만 아무 경험이 없는 휴학생, 주부, 장년층도 많았다. 그들은 피시티를 걸으면서 점점 장거리 하이킹 전문가가 되어간다. 하이커가 초·중반 구간을 이겨내면 그 이후 큰 문제 없이 하루 40킬로미터 이상 걷는다.

Q. 야생동물이 많을 텐데 위험하지 않나요?

뱀, 곰, 사슴 등 야생동물과 마주칠 수 있다. 야생동물을 자극하지 않도록 주의하면 위험에 처할 일은 드물다. 피시티 구간에 주로 서식하는 곰은 일반적으로 온순하다고 알려진 흑곰이다. 달리는 속도가 매우 빠르고 나무도 잘 탄다. 후각이 뛰어나고 호기심이 많다. 이 때문에 음식물 등을 보관하는 곰통bear conister 이용수칙을 잘 지켜야 한다. 사막 구간에서는 방울뱀을 자주 마주친다. 먼저 자극하지 않는 이상 사람을 먼저 공격하지 않는다.

Q. 완주하기까지 드는 비용은 얼마나 되나요?

피시티 완주에 소요한 평균비용은 약 730만 원이었다. 이중 장비 구매 평균비용이 약 180만 원이었다. 항공권과 장비 비용을 제외하면 숙식비가 가장 큰 비중을 차지한다. 이는 하이커가 어떻게 하느냐에 따라 절약되기도 하고 늘어나기도 한다. 장비와 숙식에 아낌없이 투자해 1000만 원까지 쓰는 하이커도 있지만 500만 원 이하의 제한된

비용으로 피시티를 완주하는 하이커도 있다.

Q. 피시티 허가증permit은 어떻게 받나요?

피시티 장거리 허가증을 소지한 하이커는 별도의 추가 비용 없이 피시티를 걸을 수 있다. 피시티에서 800킬로미터(500마일) 미만을 걸을 계획이라면 허가증이 필요 없다. 대신 걷는 코스에 따라 해당 국립공원에서 따로 허가증을 받아야 한다.

800킬로미터 이상의 하이킹을 계획하고 있다면 피시티 허가증이 필요하다. 이 허가증 하나로 피시티의 모든 길을 걸을 수 있다. 단 특정 트레일과 현지 상황에 따라 허가증이 추가로 필요할 수 있다. 이 경우 대부분 현장에서 발급받을 수 있다. 발급 비용은 무료다. 매년 허가증 신청 날짜는 피시티협회www.pcta.org에서 확인할 수 있다. 보통 그해 연초와 전년도 연말에 신청할 수 있다.

Q. 미국 비자가 꼭 필요한가요?

피시티 완주를 계획 중이라면 6개월까지 미국 체류가 가능한 B1/B2 비자가 필요하다. 짧게는 4개월에서 길게는 6개월까지 걸어야 하기 때문에 3개월 무비자 체류로는 피시티 완주가 불가능하다. 무비자로 체류하다 다른 국가로 출국한 뒤 재입국해 길을 이어 걸은 사례도 있다. 다만 예산이 늘어나고 재입국을 거부당할 수 있는 등 돌발 변수가 생길 수 있다.

Q. 미국 비자 B1/B2는 어떻게 받나요?

비이민 비자 신청서 DS-160을 미국 비자 홈페이지www.ustraveldocs. com/kr를 통해 온라인으로 작성한 후, 미국 대사관을 방문해 인터뷰를 거쳐 발급받을 수 있다.

DS-160 작성 시 피시티에 대한 설명부터 귀국 후 계획까지 상세히 작성한다. 작성이 부실할 경우 인터뷰에서 떨어질 확률이 높다. 또 회사나 학교 등 소속이 없거나 고정수입이 없으면 불법 체류 소지가 있다고 판단돼 거절될 확률이 있다. 이 때문에 직업이나 소속, 고정수입이 있으나 이를 중단하고 떠날 계획이라면, 중단 전에 비자를 발급받을 것을 권한다. 그렇지 않을 경우 이것을 보완할 수 있는 관련 서류를 최대한 준비해야 한다. 미국 방문을 위한 충분한 예산이 있고 6개월 이후 반드시 한국으로 돌아온다는 것을 서류로 증명해야 한다. 복귀해야 하는 회사나 단체가 있거나 돌봐야 할 가족이 한국에 있다는 것을 증명해야 한다. 관련 서류로는 피시티 허가증, 신원확인서, 사업자등록증, 통장잔고증명서, 관련 자격증 등이 있다.

Q. 트레일을 통해 미국에서 캐나다로 넘어갈 수 있나요?

캐나다 국경Monument78에는 따로 입국심사를 하거나 경비하는 직원이 없다. 하지만 허가증 없이 캐나다로 넘어가는 것은 불법이다. 따라서 피시티를 통해 캐나다로 국경을 넘을 계획이라면 캐나다 국경관리국에서 허가증을 받아야 한다. 캐나다 허가증 신청서는 피시티협회 홈페이지에서 내려받을 수 있다. 이것을 작성해 스캔한 뒤 캐나다 국경관리국에 이메일로 발송하면 승인 여부를 이메일로 알려준다.

Q. 캐나다에서 미국으로 내려가려면 어떻게 해야 하나요?

캐나다 허가증으로 트레일을 통해 캐나다로 넘어갈 수는 있으나 반대로 캐나다에서 미국으로 다시 넘어가는 것은 불법이다. 다시 말해 피시티 길 북쪽 끝인 캐나다 매닝 파크에서 출발해 미국으로 내려가는 것은 불가능하다.

Q. 어떤 옷을 입어야 하나요?

2009년 남쪽에서 북쪽으로 걷는 하이커 기준, 기온이 영하인 경우는 전체 일정의 9퍼센트였다. 최저기온은 섭씨 영하 4도였다. 피시티 하이킹 시즌은 한국의 가을에서 초겨울 날씨와 비슷하다. 하이커는 기본적으로 반소매 혹은 긴 팔 티셔츠에 경량 다운재킷과 비바람을 막아줄 재킷을 입는다. 이 외에 날씨 변화에 따른 추가 의류를 준비한다. 걷는 중에는 가벼운 티셔츠와 얇은 재킷으로도 충분하지만 해가 지고 나면 기온이 뚝 떨어진다. 뜨거운 사막조차 밤이 되면 서늘하다.

Q. 주로 어떤 음식을 먹나요?

하이커의 식성에 따라 먹는 음식은 다양하다. 식단은 크게 간편식, 조리식, 행동식으로 분류된다. 직접 준비해온 식량을 제외하면 음식은 대부분 마을 등 보급지에서 구한다.

간편식은 시리얼, 토르티야, 오트밀 등이 일반적이다. 아침식사로 주로 먹는다. 조리식으로는 라면과 밥, 파스타 등을 많이 먹는다. 전투식량으로 알려진 다양한 동결건조 식품도 있다. 행동식으로는 에너지젤, 에너지바, 초콜릿, 견과류 등이 있다. 점심을 행동식으로 대체할 경우 짐 무게를 줄일 수 있어 더 오래 걷는다. 저녁은 하루 중 가장 풍족한 식사시간이다. 라면부터 햄, 고기, 치즈까지 각자 식성에 맞는 음식을 다양하게 조리해 먹는다.

Q. 식량이 떨어지면 어떡하나요?

아무리 힘 좋은 하이커라도 피시티 완주에 필요한 식량을 모두 지고 운행할 수는 없다. 이 때문에 하이커는 하이킹 중 만날 수 있는 수십 곳의 보급지에서 부족한 식량과 장비를 확보해야 한다. 작은 가게나 마을, 도시, 리조트 등의 다양한 보급지가 있다. 주변에 보급지가 없을 경우 히치하이크로 보급지까지 이동한다. 보급지에 도착하면 다시 다음 보급지까지의 거리와 일정을 계획해서 필요한 식량과 장비를 준비한다. 각 보급지 사이 거리는 일정하지 않으며, 하이커는 보통 4-5일에 한 번씩 보급을 받는다.

보급 방법에는 운행 일정에 맞춰 우체국이나 상점 등에 보급품을 미리 보내는 방법과 주요 보급지에 물건을 발송한 후 해당 보급지에서 받은 보급품을 다시 나누어 앞으로의 일정에 맞춰 보내는 방법이 있다. 가능한 경우 보급품 발송 없이 현장에서 구매할 수도 있다.

2018년 하이커들의 평균 보급횟수는 28회며, 발송한 보급상자 개수는 평균 8.7개였다. 보급지 정보는 온라인에서 찾을 수 있다.

- 플랜유어하이크

  https://planyourhike.com/planning/resupply-points/

- 포스트홀러

  https://postholer.com/databook/resupply.php

- 피시티타운가이드

  http://asthecrowflies.org/pctpacific-crest-trail-town-guide/

- 하이크쓰루

  https://atlasguides.com/

Q. 물은 어디에서 구하나요?

피시티 전 구간을 통틀어 급수를 위한 수도시설이나 약수터는 많지 않다. 길을 걷다 만나는 계곡이나 강에서 식수를 확보하는 경우가 대부분이다. 산비탈을 따라 흐르는 작은 물줄기나 웅덩이에 고여 있는 오염된 물을 마셔야 하는 경우도 적지 않다. 이 때문에 휴대용 정수필터를 사용하는 것이 좋다.

급수지는 피시티 지도상에 WR/WA 등의 약어로 표기되어 있다. 피시티 관련 애플리케이션을 통해 급수지까지 거리와 상태를 확인할 수 있다.

Q. 어떤 신발을 신나요?

피시티는 거리가 길지만 비교적 잘 정비된 길이라 오랜 시간 걷는데 적합한 신발을 선택하는 것이 좋다. 하이커들은 대부분 트레일 러닝화를 신고 걷는다. 일반 등산화에 비해 무게가 가볍고 무엇보다 메시 소재로 이루어져 통풍이 잘되고 건조가 빠르다.

피시티 하이커는 계곡과 강물을 수시로 건너야 한다. 대표적인 트레일 러닝화 브랜드는 알트라, 살로몬, 브룩스, 라스포티바, 호카 등이 있다. 하지만 트레일 러닝화가 정답은 아니다. 평소 하이킹 시 본인에게 잘 맞는 신발이 있다면 그것으로 충분하다.

종주한 하이커는 피시티에서 평균 4-5켤레를 신는다. 본인에게 가장 잘 맞는 신발을 결정해 모델 교체 없이 한 종류만 신을 것을 권한다. 다른 모델로 교체할 경우 부상으로 이어질 가능성이 있다. 매우 신중히 결정해야 한다. 온라인 구매보다는 매장을 찾아 신어보고 구매를 결정할 것을 권한다. 또 사전 훈련을 통해 신발에 적응하는 것이 좋다.

Q. 등산 스틱을 꼭 사용해야 하나요?

등산 스틱을 사용하지 않는 하이커는 없다고 해도 과언이 아닐 정도다. 장거리 하이커에게 필수품이다. 효율적이고 안정적인 걸음과 부상 위험을 최소화하기 위해 반드시 등산 스틱을 사용해야 한다. 특히 물살이 센 계곡이나 좁은 비탈길을 지날 때 등산 스틱으로 중심을 잡을 수 있다. 부상 시 부목으로 활용할 수도 있다.

텐트 뼈대인 폴 대신 등산 스틱을 기둥으로 사용하는 초경량 텐트도 있다. 스틱에 장착 가능한 카메라 마운트를 사용하면 셀카봉으로도 활용할 수 있다.

Q. 휴대전화 등 전자 장비 충전은 어떻게 하나요?

보급지에서 보조배터리를 충전하면 4-5일은 사용할 수 있다. 하이킹에서 주로 쓰는 전자 장비에는 스마트폰, 카메라 배터리, 지피에스 시계 정도다. 전자 장비의 스펙과 사용 빈도에 따라 필요한 배터리 용량은 다를 것이다. 최소 10000mAh 이상의 보조배터리면 충분하다. 물론 다음 보급지까지 시간을 고려해 배터리 사용량에 신경을 써야 한다. 태양광 충전기를 사용하는 하이커도 있다. 사막에서는 효율적이지만 이후에는 활용도가 떨어지는 편이다.

Q. 출발지인 멕시코 국경으로 어떻게 이동하나요?

그동안 샌디에이고에 있는 트레일 엔젤인 스카우트와 프로도(홈페이지 sandiegopct.com)가 하이커들에게 많은 도움을 주었다. 하지만 아쉽게도 이들은 2021년을 마지막으로 활동을 접는다고 한다.

대중교통을 이용할 수 있다. 샌디에이고 엘 카존 환승센터El Cajon Transit Center에서 894번 버스를 타고 캠포로 이동하면 두 시간 정도 걸린다. 공항에서 출발하는 경우 시내까지 버스로 이동한 뒤 엘 카존 환승센터로 가는 트롤리를 이용하면 된다. 이외에도 피시티 페이스북 그룹 등 SNS를 적극적으로 활용해 도움을 구하는 것도 좋다. 자세한 내용은 피시티협회 홈페이지에서 확인할 수 있다.

Q. 북쪽에서 남쪽으로 걸으면 안 되나요?

남쪽에서 북쪽으로 걷는 것을 노보Northbound, NOBO 하이킹, 북쪽에서 남쪽으로 걷는 것을 소보Southbound, SOBO 하이킹이라고 한다. 하이커 열에 아홉은 노보 하이킹을 택한다. 노보와 소보 모두 겨울이 오기 전에 하이킹을 마쳐야 한다. 트레일 엔젤의 활동과 보급지 운영도 대부분 노보 하이커에게 맞춰 있다. 보통 4월에 멕시코 국경지대 캠포에서 출발해 북쪽으로 걷는다.

소보를 선택한 하이커는 피시티의 가장 북쪽 보급지와 가까운 하츠 패스에서 출발한다. 캐나다에서 피시티로 진입하는 것은 불법이다. 보통 7월에 출발하고 늦어도 9월 말이나 10월 초에는 캘리포니아 중부 케네디 메도우즈에 도착할 수 있도록 해야 한다. 그렇지 않을 경우 캘리포니아 중부 시에라 구간에 눈이 많이 쌓여 걸을 수 없을 수도 있다. 피시티 일부 구간을 걷는 섹션 하이킹과 여기저기 돌아다니며 원하는 구간을 걷는 플립플롭 하이킹도 있다.

Q. 길은 어떻게 찾나요?

갈색 막대나 피시티 마크가 있는 길을 따라 걸으면 된다. 길이 헷갈리거나 길을 잃었을 경우 주변에 있는 표식을 먼저 찾아야 한다. 그래도 길을 찾지 못할 경우 피시티 애플리케이션을 이용하면 된다. 애플리케이션에는 캠프사이트CS, 급수지WR 위치, 보급지와 랜드

마크 등 필수 정보가 있다.

대표적인 애플리케이션으로는 무료로 이용 가능한 '하프마일
피시티'Halfmile PCT와 유료 애플리케이션 '것훅 피시티'Guthook's
PCT가 있다. 필수 장비라 해도 과언이 아닐 정도로 거의 모든 하이
커가 이 두 애플리케이션을 사용한다. 것훅 피시티에서는 상세한 지
역 정보 및 그래픽 지도 등을 볼 수 있으며 먼저 지나간 하이커의 리
뷰도 볼 수 있다.

Q. 완주 인증서 같은 것이 있나요?

완주를 증명하는 시스템은 없다. 다만 피시티협회 홈페이지에서 완
주 메달과 인증서를 신청하면 배송받을 수 있다. 완주 메달은 지름
7.6센티미터, 무게 255그램의 황동으로 만들어져 있다. 앞면에는 피
시티 지도와 마크가 새겨져 있고 뒷면에는 하이커 이름, 트레일 네
임, 하이킹한 연도가 있다. 피시티 완주 인증서에는 하이커 이름과
트레일 네임, 출발일과 종료일, 피시티협회장의 친필 사인이 있다.

피시티협회는 매년 피시티 완주자 목록을 '2600마일러 리스트'
라는 이름으로 홈페이지에 공개한다. 이곳에서 하이커 이름과 트레
일 네임으로 연도별 피시티 완주자를 찾을 수 있다.

Q. 사전 준비에 필요한 정보는 어디에서 얻을 수 있나요?

피시티협회 홈페이지에서 매년 허가증 신청 일정을 공지한다. 수시
로 방문해 최신 정보를 확인하는 것이 좋다. 하프웨이애니웨어닷컴

halfwayanywhere.com에서는 매년 하이커를 상대로 설문조사를 하는데, 그 결과를 바탕으로 가장 많이 쓰이는 장비가 무엇인지 파악할 수 있다. 페이스북에서 다양한 하이커의 소식을 전해 들을 수도 있다.

Q. 한글로 된 피시티 가이드도 있나요?

한국인 피시티 하이커 김희남이 쓴 《PCT 하이커 되기》(부크크, 2018)가 있다. 피시티를 직접 걸으며 경험한 것을 바탕으로 피시티 행정, 보급, 식량, 장비에 관해 소개했다. 블로그와 유튜브 채널에서도 여러 자료를 확인할 수 있다. 김희남씨가 온라인 커뮤니티인 네이버 카페 '하이커스랩'cafe.naver.com/hikerslab을 운영하고 있다. 또한 매년 하이킹 시즌 전과 후 두 번 피시티 하이커들과 예비 장거리 하이커 간 정보 교류를 위한 모임도 열리고 있다.

한국인 피시티 하이커의 에세이로는 양희종의 《4,300km》(푸른향기, 2016)와 김광수의 《퍼시픽 크레스트 트레일, 나를 찾는 길》(처음북스, 2017)이 있다. 트리플 크라우너 부부이기도 한 양희종과 이하늘 부부의 유튜브 "두두부부"와 블로그에서도 다양한 트레일 정보와 노하우를 찾아볼 수 있다.

Q. 화장실에 가고 싶으면 어떡하나요?

대변은 일명 '똥삽'이라 불리는 에코삽으로 구덩이를 판 후 해결한다. 소변과 대변 모두 트레일이나 캠프사이트에서 최소 60미터 이상 떨어진 곳에서 해결해야 한다. 구덩이 깊이는 최소 15-20센티미터 이상 돼야 한다. 뒤처리에 쓴 화장지는 야생동물이 파헤칠 수 있으므로 수거한다.

Q. 산에서 씻는 건 어떻게 하나요?

별도 샤워 시설이 있지 않는 한 산에서 씻는 것은 불가능하다. 물티슈로 얼굴과 몸을 닦아내는 정도다. 트레일에서는 강이나 계곡을 만났을 때 씻을 수 있다. 피시티협회는 수원지에서 60미터 이상 떨어진 곳에서 씻을 것을 권하며 가급적 비누 사용도 자제하라고 안내한다. 양칫물이나 설거지물도 수원지에서 60미터 이상 떨어진 곳에 버려야 한다.

Q. 일부 구간만 걷는다면 어디가 좋을까요?

피시티는 캘리포니아주 남부, 중부, 북부, 오리건주, 워싱턴주 등 크게 다섯 개 구간으로 나뉜다. 많은 하이커가 캘리포니아 중부 구간과 워싱턴 구간을 가장 선호한다. 자체 실시한 설문조사에 따르면 한국인 하이커 또한 워싱턴 구간을 가장 좋았던 구간으로 꼽았으며, 오리건, 캘리포니아 중부 순으로 선호도가 나타났다. 선호도가 가장 낮은 구간은 캘리포니아 북부 구간이었다.

Q. 반려동물과 함께 걸을 수 있나요?

개나 고양이와 함께 걷는 하이커도 있다. 사람과 마찬가지로 직접 작은 배낭에 먹을 것을 지고 주인과 함께 걷는다. 말을 타고 갈 수도 있다. 허가증 신청 시 피시티를 두 발로 걸을지 말을 타고 갈지 선택할 수 있다. 승마 하이킹은 일반 하이킹에 비해 훨씬 많은 준비와 안전을 위한 노력을 기울여야 한다. 쓰러진 나무나 폭설 등 장애물을 안전하게 지나가려면 몇 시간 또는 며칠간 우회해야 할 수도 있다.

피시티 용어

피시티 하이킹을 하며 주로 사용하는 용어는 다음과 같다.

스루 하이킹Thru-hiking

트레일을 한 시즌에 전부 걷는 것을 스루 하이킹이라고 한다. 장거리 하이킹에서는 화재와 폭설 등 천재지변과 부상 등 여러 변수가 있다. 개인이 통제할 수 없는 이러한 문제로 스루 하이킹을 포기하는 경우가 많다. 운도 따라줘야 하는 것이 스루 하이커의 숙명이다.

제로데이Zero Day

걷지 않고 쉬는 날이다. 대게 피시티 루트에서 가까운 마을로 가서 제로데이를 갖는다. 휴식하며 배낭에 먹을거리 등 하이킹에 필요한 물품을 준비한다. 반복되는 하이킹에서 잠시 벗어나 마음껏 일탈을 즐길 수 있다.

트레일 엔젤Trail Angel

하이커를 도와주는 봉사자다. 시원한 음료를 나눠주기도 하고 자신의 집을 내주기도 한다. 응급상황 시 도움을 받을 수 있다. 트레일 엔젤 리스트를 확보해놓는 것이 좋다.

- 트레일 엔젤 리스트: trailangellist.org
- 트레일 엔젤 페이스북 그룹: Pacific Crest Trail Angels

트레일 매직Trail Magic

트레일에서 예상치 못한 도움을 트레일 매직이라고 한다. 트레일 엔젤의 도움이 마법 같다는 이야기다. 뜨거운 사막에 놓인 아이스박스 안 콜라, 나무에 걸어놓고 간 과자, 길에서 처음 만난 외국인의 집 초대 등 다양하다.

트리플 크라운Triple Crown

미국 3대 장거리 트레일인 퍼시픽 크레스트 트레일PCT, 콘티넨털 디바이드 트레일CDT, 애팔래치아 트레일AT을 모두 완주하는 것을 트리플 크라운이라고 한다. 한 해 동안 트리플 크라운을 달성하는 것을 캘린더 트리플 크라운Calendar triple crown이라 부른다.

2001년 브라이언 로빈슨이 처음 캘린더 트리플 크라운을 달성했다. 2018년에는 여성 하이커 최초로 헤더 앤더슨이 캘린더 트리플 크라운의 영예를 안았다. 완주에 걸린 시간이 251일 20시간 10분으로 세계에서 가장 빠른 트리플 크라우너이기도 하다.

요요Yo Yo

장거리 트레일을 완주한 후 걸어온 길을 다시 한 번 완주하는 것을 요요라고 한다. 줄을 따라 오르내리는 장난감 요요를 생각하면 된다.

워터리포트The Water Report

워터리포트는 피시티 급수지의 위치와 상태를 알 수 있는 자료다. 사막구간은 물론 모든 구간에서 수시로 워터리포트를 확인해야 한다. 하지만 지도에 물이 있다고 표시돼 있어도 물이 마르거나 없는 경우가 있다. 워터리포트는 급수지를 직접 확인한 하이커들의 기록으로 이루어져 있어 비교적 최신 정보에 가깝다. 워터리포트를 내려받아 수시로 확인하는 것이 좋다. 주기적으로 업데이트되는 워터리포트는 피시티워터닷컴 pctwater.com에서 확인할 수 있다.

하이커 트래쉬Hiker Trash

하이커들은 제대로 씻지 못한다. 피부는 까매지고 옷은 낡고 해져 너덜너덜해진다. 특히 남성 하이커는 수염이 덥수룩하게 자란다. 이런 하이커의 모습을 하이커 트래쉬라고 한다.

트레일 네임Trail Name

트레일에서 쓰는 별명이다. 하이커들은 실제 이름 대신 개성 있는 트레일 이름으로 자신을 소개한다. 직접 만들기도 하고 다른 하이커가 지어주기도 한다. 한 예로, 짐이 너무 많거나 대식가인 하이커에게 '투머치'

라는 이름이 붙여지기도 했다.

하이커 박스Hiker Box

하이커 박스는 식량 및 장비 공유 상자다. 하이커들은 자신에게 필요 없거나 낡은 장비, 남는 식량을 주요 보급지에 있는 하이커 박스에 두고 간다. 그 장비와 식량은 또 다른 하이커에게 소중한 보급품이 될 수 있다. 보급지에 도착하면 식량이나 장비 구매 전에 하이커 박스를 찾아볼 것을 권한다.

카우보이 캠핑Cowboy Camping

텐트를 사용하지 않고 매트리스와 침낭 등 최소한의 장비로 잠을 자는 것이 카우보이 캠핑이다. 우리나라에서는 비박으로 많이 알려져 있다.

피시티 지도 약어

●

　피시티 지도에는 CS, WR, TR 등 약어로 된 지점이 많다. 약어 뒤에는 일반적으로 숫자가 붙어 있다. 피시티 최남단을 기준으로 해당 지점까지 거리를 표기한 것이다. 예를 들어 'WR057'은 피시티 57마일 지점 급수지를 말한다.

CG Campground
캠핑장. 일반적으로 화장실과 수도시설을 갖춘 대규모 캠핑장을 CG로 표기한다. 대부분의 CG에는 사이트 이용료가 있다.

CS Campsite
텐트 사이트를 구축할 수 있는 평평한 곳을 말한다. 트레일 근처 크고 작은 평평한 지형이 대부분 CS로 표기돼 있다.

Hwy Highway Crossing
도로를 가로지르는 길. 하이커들은 도로에서 히치하이크해 마을로 간다. 트레일 엔젤을 만날 확률을 높이기 위해 차량 접근이 가능한 이곳까지 가야 한다. 트레일 매직을 가장 많이 만날 수 있는 곳이기도 하다.

TH Trailhead

트레일 입구를 뜻한다.

TR TRail

트레일. TH와 비슷한 개념이다. 이곳에서는 다른 트레일로 이어지는 갈림길을 만날 수 있다. 이때 피시티가 아닌 다른 길로 빠지지 않도록 주의해야 한다.

PL Powerline

트레일을 가로지르는 전기선. 길을 잃었을 때 위치를 파악하는 기준점이 되기도 한다. 고압 전류를 주의해야 한다.

PO Post Office

우체국. 하이커에게 우체국은 물품을 받을 수 있는 주요 보급지 역할을 한다.

RD Road Crossing

Hwy가 포장된 도로라면 RD는 차량이 다닐 수 있는 임도나 비포장도로를 뜻한다.

WA/WR Water

급수지. WA와 WR은 같은 개념으로 봐도 무방하다. 급수지는 계곡, 호수, 강, 수도시설 등 다양하게 존재한다.

WACS/WRCS Water Campsite

급수 가능한 캠프사이트다. 보통 계곡 및 호수 옆에 위치한 캠프사이트다. 물 걱정 없이 쉴 수 있어 하이커들이 가장 선호한다.

필자 소개

주민수

길 위에서 주어진 것에 만족하는 법을 배웠고, 그렇게 나는 행복할 준비가 되었다. 나에게 가장 크고 소중한 것, 지구의 자연이다. 마음껏 만끽하고 지키며 살겠다. 나는 행복한 사람이다.

박준식, 손지윤

시에라 구간을 걷다가 정신을 차려보니 데이비드 카퍼필드와 같이 마술쇼에 서 있는 나와 앤지를 발견할 수 있었다. 피시티를 걷는 것은 내 마음대로 할 수 있는 게 아니지만 내 마음대로 못할 것도 없는 길이다. 우리 부부는 앞으로도 이렇게 살아갈 것이다.

윤상태

땅을 달리고 하늘을 날고 몸과 마음을 단련하는 것을 좋아한다. '모험'이라는 판도라 상자를 연 이후 더 주체적으로 사는 방법을 배워가고 있다. 나이에 연연하지 않고 하고 싶은 것을 하나하나 이뤄가며 나답게 살기 위해 시행착오를 겪고 있다.

박종훈

소박한 삶을 지향한다. 따뜻한 햇살과 함께하는 모닝커피를 사랑하고, 산책하는 것을 좋아한다. 스스로의 발전은 계속해나가되 현재로도 만족하는 삶을 살아갔으면 좋겠다.

권현준

별명은 '도전하다 죽어도 좋다고 여한이 없다고 말하는 바보.' 나에게 도전은 승리가 아니다. 그저 다른 사람에게 영감을 주는 것이 목표다.

정힘찬

운이 없으나 운이 좋은 인생을 보낸 청년. 네팔의 7.9 지진 속에서 살아나고 말라리아와 뎅기에 걸려 사경을 헤매기도 했다. 말라위 강도의 칼에 목숨을 잃을 뻔했으며, 쿠바 감옥에 갇히기도 했다.

신선경

갑자기 당한 남편의 죽음. 한참을 더 오래 함께하리라 믿어 의심치 않았는데 이제 모든 걸 다시 시작해야 하는 시점에 서 있다. 여전히 남편의 생각과 뜻을 이어 '내가 태어나기 이전보다 더 나은 세상을 만들고 가고자 함'에는 변함이 없다.

박승규

안정적인 방랑자를 꿈꾸는 러블리한 청년. 경제적 여건과 건강, 인간관계 등 모든 것에서 균형을 이루고자 하는 무모한(?) 목표를 가지고 있다. 사랑하는 사람과 선한 가치를 위해 두려움과 용기 사이에서 도전하며 노력하고 있다.

장진석

세계 유랑자 또는 부랑자. 피시티 외에도 아시아와 유럽, 남미 등지를 다년간 일만 킬로미터 넘도록 도보여행했지만 자신을 하이커라 칭하지는 않는다. 그저 자유와 낭만을 좇는 떠돌이.

정기건

진솔하지만 가끔은 엉뚱한, 충북 청주에 사는 청년이다. 지인들에게는 '산땅크'라는 별명으로 불린다.

김희남

기록하는 하이커 히맨. 길 위의 기쁨과 슬픔 그리고 만남을 기록한다. 치열
하고 꾸준한 삶을 추구한다.

정 인걸 줄리엔

삶의 영역에 제한을 두지 않는 자유주의자. 특별히 모으고, 작당하고, 실행
하고, 북돋는 일에 특별한 재능이 있다. '조화롭게 상생하기'라는 삶의 철학
으로 긍정적 인간 교류와 선한 영향력의 무한순환을 꿈꾼다.